元通商産業事務次官

小長啓一（こなが・けいいち）

Profile

1930年12月岡山県生まれ。53年岡山大学法文学部卒業後、通商産業省（現経済産業省）入省。大臣官房長、産業政策局長などを経て、84年事務次官、86年退官。91年アラビア石油社長、2003年AOCホールディングス社長、05年経済産業調査会会長、07年弁護士登録、12年同台経済懇話会代表幹事、12年島田法律事務所入所、客員弁護士。

はじめに

変化の時代にあって

変化の時代をどう生き抜くか――。社会を運営するための制度や仕組みも時代と共に変化していく。旧来の仕組みが、いわゆる制度疲労を起こし、世界の環境激変でさらに混迷の度が深まっている今、新しい時代にふさわしい、新しい制度設計、仕組みづくりが求められている。

本書『フロンティアに挑戦』は、『財界』誌の連載を加筆・修正したものである。『財界』誌では2018年「夏季特大号」から2020年「新年特大号」までの約1年半連載し、読者の方々からも大きな反響をいただいた。経済人を中心とした読者の多くの方々が、小長啓一氏が変化の時代をどう生き抜いてきたのか。新しい課題・難問に直面した時、どう考え、どう行動したのかに関心が寄せられていた。役人生活の後、民間企業に転じ、そして弁護士活動という、小長氏の多領域での活躍を支えるものとは何だったのかということである。

21世紀に入って20年目。いま世界の政治・経済秩序は変革期を迎え、混沌とした状況。そういう状況の中で、社会インフラづくりで産業政策の果たす役割は大きい。

新しい時代の新しい産業政策とは何か――。法律や税制を含めた政府の諸政策がテクノロジーの進展のスピードに追い付いていないという課題もあり、いま各領域で模索が続く。さらに経済のグローバル化がこれに拍車をかける。経済のグローバル化に合わせて、1国では対応できず海外関係国との連携も視野に入れての新しい制度設計へと進まざるを得ない。EC（電子商取引）、いわゆるネット通販など新興のビッグビジネスと進出先政府との関係づくりがまさにそうである。

また、2018年には仮想通貨交換業者、コインチェックで不正流出が起き、新興ビジネスに対する規制の在り方も大きな課題としてクローズアップ。新しい時代の産業育成と、不正を防ぐための規制という課題が突きつけられている。

小長氏の生き方に

小長氏は通商産業省（現経済産業省）の役人として、産業政策づくりに奔走。戦後復興を経て、高度成長期に入った日本の産業界がグローバル競争に勝ち抜くための成長支援策、あるいは石油ショック等を経て成熟経済に入った時、産業政策局長として「特定産業構造改善臨時措置法」づくり等で小長氏は効率的な産業構造の構築を進めてきた。

新しい時代の産業政策づくりを進める上において、省内での真剣な論議、さらには他省庁との連携、はたまた産・官・学一体となっての取り組み等に関わった氏の体験が今の時代に参考になると考えたからである。

企業も人も、そして技術も、時代と共に変化するし、新しい時代に対応していかなければならない。幾多の試練、困難を乗り越えてこられた、小長氏の航跡に数々のヒントがあると思う。

また、政治（家）と行政（役人）との関係はどうあるべきか、という今日的テーマである。戦後長らく、政治と行政と産業は互いに協調し、日本の成長を支える〝トライアングル〟とされてきた。政治は行政より上位に立ち、行政は産業界を指導し、産業界は政治を支援するという形で、トライアングル機能が発揮されてきた。

少し意地悪な見方をすれば、持ちつ持たれつの関係。戦後75年、そのトライアングルが崩れ、新しい関係づくりへの模索が続く。今は新しい秩序を創り出すための生みの苦しみの時期と言っていい。

人と人との出会い——。戦後政治で大きな存在感を示した政治家・田中角栄氏（1918年—1993年）。その田中氏が通産大臣、首相に就任した際、小長氏は秘書官を務め、政治家と官僚の関係はどうあるべきかに腐心。日米繊維交渉や日中国交回復という日本の針路を決める場では、大臣や首相の政治家としての決断を目の当たりにしてきた。

政治家がそれまでの流れを大きく変える決断をし、役人が法律や政策の公正性から鑑みて、それを補佐し問題解決にあたっていくということで、政治家と役人の望むべき関係をどう構築していくかということである。

小長氏は事務次官を退官後、アラビア石油入りする。今度は民間の経営トップとして資源・エネルギー確保という仕事にあたった。1991年（平成3年）の湾岸戦争時は、ペルシャ湾上に浮かぶ同社のカフジ油田を守る社員の安全確保のために現地へ飛んだ。イラク軍のミサイル攻撃最前線に近接する現場で働く社員を励まし、ついに状況が厳しくなると社員の撤退に踏み切り無事に避難させた。危機でのリーダーシップ発揮である。

氏自身の人生の航跡を見ても、変化の連続である。

1930年（昭和5年）12月12日生まれ。岡山県出身。終戦時は14歳で、大阪陸軍幼年学校の2年であった。将来は陸軍将校になり、第一線でお国のために尽くそうという青少年の時代。規律の厳しい生活を送っていたが、1945年（昭和20年）8月15日に終戦。世の中の価値観がガラリと変わる。小長氏も一時期、目標を喪失し、虚脱状態になった。

郷里の岡山県和気郡鶴山村新庄（現備前市新庄）に帰り、旧制の県立西大寺中学（現西大寺高校）に編入学したが、ここで肋膜炎のため1年休学。先行きどうなるんだろうと悶々とする自宅での療養生活。そんな時、母親から受けた愛情は今でも忘れられない。卵や牛乳を与えてくれ、栄養のある食事をつくってくれた母の愛情を受けて、前向きになっていった。

人生にはいろいろな試練が付きまとう。しかし、人と人との付き合い、そして信頼こそが課題解決につながっていく。

本書のタイトルは「フロンティアに挑戦」である。常に新しい領域を開拓していくことで国も企業も、そして個人も生き生きとしていく。このことは、いつの時代においても変わらない。改革していく際には守るべきものと変えるべきものと二つの作業が要求される。古来、日本の風土には旧来自分達が持っていたものにプラス、外から採り入れたものを融合させ、新しいものにしていく生き方がある。

新しいテクノロジーの開発を含め、課題解決に産・官・学の知恵を結集していきたいものである。

なお、本文中の敬称は略させていただいた。

2020年3月　『財界』主幹　村田博文

目次

第一章

政治家・田中角栄の「人間力」

変化の中を生き抜く

日米貿易摩擦の走りとでも言うべき1970年前後の日米繊維交渉。日本はGATT（関税及び貿易に関する一般協定）の自由貿易を楯に、対米輸出制限を迫る米国に反論。しかし、米側は『対敵通商法』を繰り出し、最大限の圧力をかけて来る。このとき、田中角栄・通産大臣が決断した解決策とは——。

日米繊維交渉の決着へ　田中通産大臣の決断

「産業政策上は問題があるか？」――。日米貿易摩擦を解消すべく始まった日米繊維交渉がヤマ場を迎えたとき、時の田中角栄・通産大臣は通商産業省（現経済産業省）の事務方にこう問いかけてきた。

問題解決の道筋が見えないまま時間が経ち、シビレを切らした米国政府は『対敵通商法』（エネミー・トレーディング・アクト）なるものを持ち出し、日本側に輸出制限を実行させるべく圧力をかけてきた。

そのとき、田中大臣は、時の両角良彦・通産事務次官以下の事務方を前に、「君たちの言う通りにやってきたが、大分きついことになった」と切り出し、この辺が方針変更の潮時だという考えを示した。

1週間後、両角次官ら事務方の幹部が数案を持って、大臣室に集まった。そこで、田中大臣の目に留まったのが、対米輸出数量は放っておけば10％伸びるところを2～3％の伸びに抑えようという案。

その場合、日本の繊維業界は7～8％分の得べかりし利益を失うことになる。その失う部分を、国内措置によってカバーするというのが解決策の骨子だ。

具体的に、その〝得べかりし利益〟の金額は当時の金で約2000億円。その頃、通産省が一般会計予算で所管していたのは約4000億円。その半分に達する巨額の措置ということで、事務方は、一繊維業界にこれだけのお金を出すのは客観的に見てできないというのが大方の意見であった。

それで、「これは一案かもしれませんが、実現不可能な案だと思います」と事務方は説明。そのとき、田中大臣から、出てきた言葉が冒頭の「産業政策上は問題があるか？」という問いかけであった。両角次官以下、事務方は「産業政策上は全く問題ありません」と答えた。

要するに、約2000億円は、古い織機の処理に充てる。むしろ、業界にとっては生産性が上がることになり、産業構造の改善、国際競争力の強化にもなるので、「産業政策上は全く問題ありません」という次第。

すかさず、田中大臣は、「では、これでいこう」と言うや、即座に秘書官の小長に向かって、「総理（佐藤栄作）に電話をつないでくれ」と命じた。

小長が首相官邸に電話をつなぐと、田中大臣は佐藤総理に「2000億円をよろしく頼みます」と話をし、了承を取った。

それで電話を切ると、今度は、「すぐ水田（三喜男）大蔵大臣に電話を」と言って、水田には有無を言わさず押し込んだという感じで話を伝えた。

で、そこから先が実に田中らしい動き。小長に、「俺の名刺を持ってこい」と言い、小長が田中大臣の名刺を差し出すと、表に「徳田主計官殿」と書き、「2000億円用意してくれ、頼む」と添え書きをした。

小長はすぐさま、大蔵省（現財務省）を訪ね、主計局に徳田博美を訪ねた。小長は徳田に話の骨子を説明し、「これは田中大臣の方からすでに総理にも話をし、大蔵大臣にも話をしてあります」とだけ伝えた。徳田も、びっくり仰天の様子で、その表情から、これは大変なことになったなという様子がうかがえた。

ともあれ、問題解決へ向けての大きな枠組みづくりを短時間に成し遂げ、政治決着をつけると同時に、大蔵省と通産省の担当者が仕事をしやすいように手はずを整える田中大臣のてきぱきとした政治家としての仕事ぶりに小長は感激させられた。

日米繊維交渉は1971年（昭和46年）10月、日本が米国の要求を受け入れる形で基本合意。繊維業界は自由貿易の立場に反するということで「反対」の旗印を変えなかった。田中大臣も、「彼らも激しい反対論をぶっていたが、彼らの目は笑っていたよ」とそれを読み切っていた。

また、国会では田中通産大臣への不信任決議案が衆議院に、参議院には問責決議案が出されたが、結果的に否決された。田中も耐えるところは耐えて目的を果たすという繊維交渉の総仕上げであった。その前の2代の通産大臣が解決できなかった日米繊維問題を、わずか3カ月でまとめあげた田中の手腕。

リーダーには、『人間力』、『構想力』、『決断力』、『実行力』などの資質が求められる。田中はこうしたリーダーの資質を十二分に発揮していった。

人間力の源泉とは

役人の心をぐっとつかむ、ということでは政界でも田中は傑出していた。

1971年（昭和46年）7月の佐藤栄作政権の内閣改造で田中は通商産業大臣に就任。このとき大臣秘書官になれという人事の声が小長にかかった。

小長は約4年間のベルギー・ブリュッセルを拠点にした欧州勤務を経験した後、1969年（昭和44年）企業局立地指導課長。東京一極集中を避け、地域振興を図ろうと、産業界の重鎮や大企業の幹部と共に北海道から九州まで視察して回った。東京の企業を地方に持っていくことに夢中になっていた。そのようなときに通産大臣秘書官を拝命。

田中は1972年（昭和47年）7月、首相に選任され、小長は首相秘書官を拝命。通産大臣秘書官時代から、田中が1974年12月に首相を退陣するまで約3年半仕えることになる。

田中は29歳で衆議院議員になり、メキメキと頭角を現し、第一次岸改造内閣で39歳で郵政大臣に就任。このときは、戦後初の30代での大臣就任ということで話題を呼んだ。

その後、大蔵大臣、そして自民党幹事長も務めるなど、主要閣僚や党の要職を歴任。通産大臣としては日米繊維交渉で政治家としての力量を存分に発揮。

政治家の使命は国の針路を決めること。その意味で立法が大事。田中は国会議員を務めている間、合計33本の法律を議員立法で作った。これだけの数の法律を作った人は他にいない。

田中は1953年（昭和28年）、35歳のときに道路整備費の財源等に関する臨事措置法案を提案。これにより揮発油税（ガソリン税）が道路特定財源となった。

日本は、60年代後半から、70年代後半にかけてモータリゼーションが猛烈に進んだ。このときの高速道路網整備にこの財源が大いに役立ったし、今も道路特定財源として歳入の中で存在感を示している。

こうした構想力でぐいぐいと人を引っ張っていった田中だが、各省庁との連携プレーを実らせていったのも、お互いの『信頼』という絆があったからだと思う。

政治家と役人の関係　その「あるべき姿」とは

永田町（政治）と霞ヶ関（行政）との関係はどうあるべきかは、それこそ古くて新しい命題——。

各省庁とも組閣で新しく大臣が決まると、所管事項の進講を新大臣に行う。例えば、日米繊維交渉が始まったのは１９６９年（昭和44年）、大平正芳・通産大臣のとき。米側との激しい交渉の中で、所管の通産省はＧＡＴＴに則って、米国の要求を突っぱねてきていた。ＧＡＴＴは自由貿易を推進する一般協定。そこでは、特産品などの輸入規制を例外的に認めてはいるが、輸入による被害が立証されない限り、規制してはいけないルールになっている。

日本は、大平大臣のとき以来、宮澤喜一大臣のときも、このＧＡＴＴを楯に米国に反論してきた。「これからもそうしていきたいと思っております」と事務方は田中大臣に進講した。田中は日米繊維問題では3代目の大臣になる。それで、従来の方針では「駄目じゃないか」と言い出すのではないかと、通産省の事務方としてはそう推察しながらの説明であった。だが田中は、それを聞き終わった後、「いや、君らの言ったその方針でいい。それでいこう」と一言。

大臣就任の1カ月後には、ニクソン政権との日米経済閣僚会議が開かれた。田中大臣のカウンターパートはモーリス・スタンズ商務長官、繊維産地絡みでジョン・コナリー財務長官の2人。

米国側はそれまでにもかなり圧力をかけてきていたし、日米経済閣僚会議が始まると、丁々発止のやり取りになった。

田中は、まさに事務当局のレクチャーに沿って、「被害なきところに規制なし」というGATTの大原則やルールに触れた後、次のように論陣を張った。

「自由貿易の原則というのは、そもそもアメリカから日本は学んだこと。自由貿易は世界経済の発展のためにも非常に重要だと思う。それで、その国が某国との間で貿易赤字ということであっても、別の国との間で貿易黒字ということで全体としてバランスが取れるようにする。それが拡大均衡の考え方であり、自由貿易の原理原則である」

同席していた通産省の事務当局も、自分たちの思いの丈を田中大臣が堂々と言ってくれたということで大満足。論理的にも日本側が勝っているような感じになって帰国。

それから1週間経って、驚くべき外電が入ってきた。「今回の閣僚会議の結果、日本には全く方針変更する兆しがない。従って、アメリカとしてはエネミー・トレーディング・アクト（対敵通商法）を発動し、輸入制限に踏み切らざるを得ない」という趣旨の外電であっ

共同

田中角栄・元首相

た。

最終局面で、対敵通商法を持ち出すとはと、霞ヶ関のみならず、日本中に衝撃が走った。田中大臣は両角次官ら幹部を集めて、「君らの言う通りにやってきたが、こういう事態になった」と本稿冒頭のように、方針変更の潮時ということを告げた。

この時点で、事務方も異論をさしはさむ余地はなく、「対案を考えます」と応じた。大臣と役人サイドが完全に一心同体となった瞬間である。このあと、日米繊維摩擦は一気に解決へ向かって進む。

あれから半世紀。米トランプ政権は自国の貿易赤字解消へと、鉄鋼・アルミの輸入品に25%の高関税をかけ、自動車輸入にも同じ措置を取ろうとしている。

G7（先進7カ国首脳会議）では、米国を除く各国首脳も「保護主義はいけない」と主張し、米国との間でミゾが深まる。自国第一主義を取る米国との間で起きる経済摩擦をどう解決していくか。

変化の激しい時代、Eコマース（電子商取引）のように、企業活動は国境を越えて広がる。グローバル競争が激しくなる中、産業政策をどう組み立てていくか。これは極めて重要な今日的課題である。

「一億総中流」の政策がなぜ、支持されたか？

「角さんのことなら、最新のデータを提供するよ。協力させてもらう」——。田中角栄・通産大臣が自民党総裁選を前に著した『日本列島改造論』をつくりあげる過程で大臣秘書官・小長に各省庁の担当者は誰もが「角さん」という愛称を使った。政策の中身が建設省、運輸省（共に現国土交通省）、大蔵省、経済企画庁とまたがるだけに、小長が関係省庁に出向き、協力方を要請したときの各省庁の反応。同志的なつながり、仲間意識が一つの大きな政策形成を支えていった。

『日本列島改造論』誕生の瞬間

「自分は代議士になって25年、ずっと国土開発の問題に取り組んできた。通産省に来て、工業の面から見た国土開発を勉強できたので、1冊の本にまとめたいのだが、協力してくれるかい？」

田中通産大臣から、こういわれて、秘書官の小長は「協力させてもらいます」とすぐさま答えた。1971年（昭和46年）秋のこと。それから約半年後、ベストセラーになる『日本列島改造論』が誕生するきっかけになった瞬間である。

肝腎の出版社をどこにするか、ということで、田中通産大臣は「全国紙にしたら、採用された所は喜ぶが、そうでない所は、快く思わない。そうなることはわたしの望むところではない」。いかにも田中らしい気配りである。

たまたま、日刊工業新聞社の社長が田中通産大臣と同郷の新潟県出身ということもあり、「日刊工業新聞にしよう」ということになった。日刊工業新聞社側も「やりましょう」と約15人の記者を出してくれた。

通産省からも、小長を含め若手3、4人を出し、日刊工業新聞の記者と合わせて約20人のチームをつくり、作業に着手。通産省内の若手の中には、後に作家・堺屋太一として活躍した池口小太郎もいた。

まず、田中通産大臣のレクチャーを聞くことから始めようと、チーム一同が大臣室に集合。田中は国土開発への思いと克服すべき課題について自分の考えを熱っぽく語り続けた。

「いろいろな事例を引用しながら、迫力のある話に、聞いているこちらも血沸き肉躍る感じでした。必死にメモしながら聞いていったんです」

その作業の中で、小長にとって、今でも強く印象に残っている田中のセリフがある。

「明治の先達は偉かったよ」と田中通産大臣は切り出した。

「あの貧しい時代に、全国にあれだけの鉄道網をつくりあげていった。当時は道路よりも鉄道のほうが交通手段として有効だった。その鉄道網を人口の少ない北海道にもつくっていった。加えて、全国津々浦々に小学校をつくり、人材の養成というベースを築いていた。そういう仕事をやってのけた明治の先達は偉かった」

田中が通産大臣として2年目を迎えていた１９７２年（昭和47年）の頃、日本の置かれた立場といえば、太平洋戦争から27年が経ち、経済成長の真っ只中。

戦後復興を成し遂げ、１９６４年（昭和39年）にＯＥＣＤ（経済協力開発機構）に加盟し、先進国の仲間入りを果たした日本。国民の勤勉性で、高度成長を実現した日本は自由世界で米国に次ぐ第二位の経済大国にのし上がっていた。

ただ、マクロではそうでも、東京一極集中が進んで過密となり、地方は過疎化が進み始め、また都市部に工場が集中するなどして公害問題の解決にも迫られるなど課題も文字通り山積していた。

均衡ある国土の開発と発展が必要という声も次第に高まりつつあった。明治・大正期に教育、鉄道など社会インフラ整備を進めたことが日本の近代化を支える基盤となった。

1970年代は経済大国の地位を確立し始めていたが、まだまだやるべき仕事は残されているという思いが田中通産大臣にはあった。

「日本は国としても豊かになっているんだけれども、こういうときにこそ、思い切って高速鉄道網、高速道路網、そして港湾、工業団地、空港、まさに地域振興に必要なインフラストラクチャーを思い切って整備していくことが大事だ。そして工業の全国的な再配置と知識集約化を進め、都市と農村の格差をなくしていく」

『日本列島改造論』のコンセプトの中心は、ヒト、モノ、カネ、情報が東京へ、東京へという流れを思い切って180度変えていく、東京から地方へとヒト、モノ、カネ、情報の流れを変えていく必要がある――というところにあった。

『4畳半2間』の住環境を直していく

「東京、大阪という大都市が過密になり、公害問題も深刻になってきている。地方から都会に出てきた人たちも超満員の通勤電車、4畳半2間のような狭い住宅環境の中で厳しい生活を余儀なくされておって、物価も相対的に高くなっている。一人前の人間らしい生活が大都市では行われていない」

都市部での住宅難、そして生活レベルでの不満を具体的な数字を挙げていく。庶民宰相と呼ばれた田中らしい話し方。

「一方、地方を見ると、過疎が進み始めた。このままでは働く者がいなくなってしまう。まさにコミュニティ、地域社会が存続できないような状況が、一部に出てきている。過密、過疎というのは同時に解消することを考えていかなければいけない」

都市部と地方の課題が表裏一体のものであるという田中の認識。そして、全国を〝一日生活圏〟、あるいは〝一日交通圏〟に再編成していくということ。

「同じ日本人。どこに住んでいても、一定以上の生活ができるようにしていこうじゃないか」とか、「君らは都内のどこかで倒れたとしても、救急車ですぐ病院に運んでもらえる。同じ事でも、田舎だったらどうなるか。そういう格差をなくしていこうじゃないか」という訴えには説得力があった。

二階堂進の突然の訪問にピーンと感ずるものが

『日本列島改造論』の執筆作業に入って数カ月経った1972年（昭和47年）2月頃になって、自由民主党の衆院議員、二階堂進が小長ら作業チームの前に姿を見せた。

二階堂といえば、田中の側近中の側近である。「君らはいい仕事をしているらしいね。すごい作業だと聞いているけれども、7月に間に合わないかね」と二階堂は小長に訊ねた。訊ねたというより、執筆作業の加速を促すかのような口ぶりであった。

小長は、その一言でピーンと来た。その年の7月といえば、自民党総裁選が行われる。「田中さんは、総裁選に出馬するのだな」と小長は直感した。

その頃の政治状況は、7年余に及ぶ佐藤栄作政権も最終局面を迎え、福田赳夫、田中角栄2人が後継総裁候補として絞られつつあった。

福田は東京帝国大学（現東京大学）法学部卒で大蔵官僚から政界入りという経歴。片や、田中は高等小学校卒で学歴はないものの、自分の手で人生を切り拓いてきた人物。

田中は『苦学力行の士』でもあったが、明るい人柄と〝コンピューター付きブルドーザー〟の異名を取るほどの才覚と実行力の持ち主だった。

そして2人の争いに決着を付けるべく、同年の7月自民党総裁選が開かれた。結果は田中が選ばれ、第64代総理大臣に就任。

『日本列島改造論』は総裁選前に発表となり、たちまち売り切れた。増刷に増刷を重ね、発売部数は合計93万部にも達した。

同書は、今で言うマニフェスト（政権公約）として国民に受け止められ、政策を知ろうとする人たちが書店におしかけた。

政権の政策をどう国民にオープンに伝えていくか——。これは今に通ずる命題。後に、通産大臣秘書官から首相秘書官となる小長はメディア担当にもなり、テレビ番組『総理と語る』のコンテンツの充実に尽力。

池田勇人首相の時から民放の各キー局が持ち回りで制作を担当する総理番組は存在していた。田中版の『総理と語る』では、首相が対談形式で自分の政策を直接国民に語りかけるという手法で人気を呼んだ。

政治家と官僚の信頼関係をどうつくり上げるか

通産大臣秘書官として、小長が心配したこととは何か？

「まさに熱烈なる、情熱のこもった田中大臣のレクチャーが1日6～7時間で4回あり、それをわれわれが分担して執筆したわけですね。しかし、書く中身は建設マターであり、運輸マターであり、経済企画庁マターでしょ。道路、鉄道、港湾、空港という話ですし、それと経済計画ですからね。他の省がソッポを向いたら、田中さんのアイデアがいかに立派でも、肉付けが不十分なものに終わる可能性がある。それをわたしは一番心配した」

それで、小長は各省の官房長や局長クラスに電話をして、「田中大臣がこのような本をつくろうと今、やっています」と伝え、「協力していただけますか」と聞いた。

相手がどう反応してくるか、少し心配な面もあったが、協力を要請すると、どこの官房長、局長も異口同音の言葉を返してきたのである。「角さんがそんなことをやるのか、全面協力させてもらうよ」という言葉。

『角さん』。この言葉が各省庁の幹部の口をついて飛び出してきたことに、小長はびっくりさせられた。そこには、仲間意識というか、同志的な響きが感じ取られ、改めて田中大臣の霞ヶ関（行政官庁）での存在感の大きさを再認識させられた。

「田中さんが33本の議員立法をやる過程で、田中さんも若かったし、出てくる各省の役人も若かった。各省の協力なくしては議員立法もできないということで、各省の知恵を借りたりしたわけです。そのとき同じ目的に向かって、共同作業をしたという仲間意識、同志意識があった。それがずっと今日まで田中さんとの関係では残っているんだなと」

そして、何よりそのことを小長が痛感したのは、各省庁幹部が異口同音に、「本はいつ出すんだ」と強い関心を持って聞いてきたことである。

「その時点で公表できる最新のデータをもって協力させてもらう、という各省庁の言葉を聞き、これはいい本になるぞとわたしたちも勇気100倍になって、執筆作業に取り組めた」

『日本列島改造論』は同年の7月5日の自民党総裁選に間に合う格好で発刊して、先述の通り合計93万部が売れた。

当時の発売価格は500円。48年経った今、その『人間力』で田中角栄ブームが起き、アマゾンのネット販売価格を見ると1万円以上の値がつくものもある。「田中ブームはまだ存在しているな」という小長の感想にも実感がこもる。

その後、ロッキード事件で起訴され、失意のうちに1990年(平成2年)に政界を引退した田中角栄元首相。そして1993年12月16日に逝去。75歳の生涯だった。

逝去から25年、今も田中ブームが続くのはなぜか?

「今、この段階で田中ブームがそこはかとなく起きているのをいろいろ分析しますと、列島改造論の根底に流れる思想は、一億総中流だったんですよね。過密・過疎を解消して、インフラを整備して、一日交通圏、一日生活圏を全国的に展開することによって、どこに住んでも一定の水準の生活ができる。別の言葉でいえば、一億総中流という政治的なコンセプトだった」

現状はどうか？

「ところが最近、グローバル化が進展して、アメリカに典型的に出ていますが、所得格差が大きくなった。富が一部に集中、全体の３％か４％に集中して中間層がなくなって下層階級化している。これがトランプ大統領登場のバックグラウンドになっているのでは。日本はそこまで極端ではないけれども、その傾向があるということです」

一億総中流化を目指し、過密・過疎を同時に解消しようとした田中元首相の政治哲学に、国民がシンパシーを抱いているという分析である。

努力、努力、努力で培われた「人間力」

『日本列島改造論』の根底に流れるのは、一億総中流の国にするという思想。今、世界規模で既成の秩序や価値観への反発が生まれ、分断・分裂が進む。そういう状況下、全体最適を追求し続けた田中角栄・元首相の政治哲学、人生観が見直されている。没後20余年経って、田中角栄ブームを招来しているのは何か。裸一貫で出発し、総理の座まで昇りつめた田中だが、基本は努力の人。「インスピレーション（直感、発想）1％、パースピレーション（汗水、努力）99％」の人生観とは——。

人に受けた恩は……

「気配りの人でしたね」と小長は田中角栄・元首相の人となりをこう振り返る。

28歳で国会議員となり、以後、議員をやっている間に33本の議員立法をつくった田中。頭の回転も速く、議論にも強く、いわゆる弁の立つ政治家であったが、「議論するときは、トコトンまで相手を追いつめないという生き方。一歩前で止めておく。敵をつくらないという政治配慮をしていましたね」という。

敵は1人でも少なく、味方は1人でも多くつくるという田中の人生の処し方。また、人から受けた恩、厚情を大切にし、それに報いていくという生き方。

昭和の初期は世界恐慌の余波もあり、日本の経済も厳しい状況に置かれていた。いわゆる昭和恐慌である。

農村は疲弊し、貧しい家の娘が売られるという厳しい現実。こうした農村の貧困を救うために、救農土木工事と称する公共事業もあちこちで行われていた。

田中は郷里・新潟の高等小学校を卒業して間もなく、アルバイトとしてこの土木工事に参加した体験を持つ。

「その作業の親方が、俺たちは地球の彫刻師なんだよと言っていたというんですね。だから、一緒に頑張ろうよ、と。これもある種、仕事のモチベーションを高める会話だったと思います」

『地球の彫刻師』――。昭和の初期にしては、何とも洒落たというか、粋なものを感じさせる言葉。後年、首相になっても、この少年期の体験を記憶にとどめていることを見ても、田中は感受性の鋭い人だった。

「そうですね、そうしたことがちゃんと頭に残っていて、それが後の列島改造論に見られるような公共事業を積極的にやるということにつながるわけですね」

上司と部下、師匠と弟子との関係の中で、田中はその後の人生で糧になる事を学んだ。

高等小学校（尋常小学校6年を出たあと2年間学ぶ）を卒業後に上京した田中は、いろいろな仕事につく。

あるとき、物を自転車で運んでいて、何かの拍子に自転車がひっくり返ってしまい、物が壊れてしまった。

これは、弁償しなければ済まない事故だと直感した田中少年は意気消沈して、主人にお詫びを入れ、そういう趣旨のことを口にした。

すると、主人は、「いや、これは仕事の上での出来事だ。心配するな」と無罪放免にしてくれたのだという。

物の運搬役を命じられて、仕事を始めたものの、その途中、何かの原因で自転車を引っくり返してしまった。その結果、物が壊れてしまった。

当然、自分が弁償しなければいけないと、田中少年は思った。弁償するだけのお金もそれほどあるわけではないが、「弁償しなければ」という思いである。

そのとき、勤め先の親父さんから、「『これは仕事の上での出来事』と言ってもらった、自分は本当に救われた、と後年、田中さんは言っていましたね」と小長は総理大臣時代の田中から直接聞いた話として、こう語る。

昭和初期、世の中が不景気の時代にこうした心温まる話があったということ。高等小学校を出て間もなく、実社会に出て、自分の勤め先の主人に、「俺たちは地球の彫刻師だよ」とか、失敗しても、「これは仕事の上での事だ」と心に刺さる言葉をかけてもらった。このような体験は、田中元首相の人格形成にも大きな影響を与えていったのではないか。

「感受性の強い人であり、気配りをすごくする人でしたね」と小長は田中の人となりについて、こう述懐する。

小長は秘書官をしていて、叱られたことがある。それは田中が通産大臣のときのこと。その日のスケジュールを決め、当日の朝報告するのも秘書官の仕事。田中大臣と確認をしていて、「君、今日は誰かの葬式がなかったか」と聞かれた。

その日は、産業構造審議会という通産省にとって最も大事な会議が開かれる日。そこで大臣挨拶を予定しており、「葬儀への参列ではなく、こちらを優先しまして」と小長が答えると、田中大臣にえらい剣幕でたしなめられた。

「結婚式ならば、君のその判断でいい。結婚式を欠席しても、その人は別の日にいつでも会えるから。葬式というのは、これが今生の別れなんだ。今日、重要な会議があるのなら、なぜ、昨夕のお通夜に行かせなかったんだ」

この言葉に、小長は自分の気配り、配慮が未熟だったことを反省させられた。

「田中大臣は通産省のその会議が始まる前に葬儀場へ急行し、ご遺体に挨拶をし、ご遺族にお悔やみを述べてこられました。そうすれば、ご遺族への顔も立つし、秘書官の顔も立つという配慮があったのだと思いますね。田中さんはそういう気配りが自然にできる人だったんです」

『人間力』——。この言葉がよく聞かれるようになった。リーダーの条件に、構想力、決断力、実行力などが挙げられるが、この『人間力』は定義が難しい。

ただ、テクノロジーが進展し、AI（人工知能）やビッグデータの活用でややもすれば人間が見失われがちで、価値観も分断・分裂されてきている今こそ、包容力も含めて、全体をまとめあげる『人間力』のあるリーダーが求められているのではないのか。

安田銀行神田支店での思い出

常に、最新情報を自らの手と足を使って取りに行く——。リーダーに欠かせない営みだ。

田中は、通産大臣のとき、三つの宴席をこなす夜が多かった。「どの席にいっても、自分の席に座っているのは10分で、あと40分、50分はとっくりを持って回って、一人ひとりと酒を酌み交わしながら、情報交換、意見交換をしていく。これは田中さんにとって、常に最新情報を手にするという一つの生活スタイルだったんですね」

こんなことがあった。産業機械関連のトップとの懇親会の席上でのとき、田中大臣がある人の前に座って、その人の顔を見た瞬間、「あなたは安田銀行（後の富士銀行）の神田支店にいませんでしたか」と訊ねた。

その人は、やや間を置いて、「いました」と答えた。

すると、田中大臣は居ずまいを正して、「あなたは命の恩人です」と言って、そのときの事を生々しく話し始めた。

それは、田中が戦後間もなく、自ら創業した田中土建工業の社長として安田銀行神田支店に年越し資金の融資を頼みに行ったときのこと。

「あのときは、窓口で担保が足りないとかあれこれ言われて、銀行の担当者からなかなか色よい返事がもらえずにいた。こちらとしては、年末資金が必要だし、何としても借りないと困る。借りられるまで帰れないと粘っていたのだが、時間が空しく過ぎるだけだった。そうしたら、窓際に座っていたあなたがつかつかとやって来て、支店のスタッフに『本件は俺に任せてくれ』と言って、わたしを窓際のあなたの席に連れていった。そして、改めて、わたしの話をじっくり聞いてくれた」

田中大臣が自分の経営者時代の話を臨場感を持って語るものだから、周囲の経営者たちも自然と話に引き込まれていった。

「あなたは命の恩人です」という田中大臣の感きわまった声に、その席の周囲からも、「君はすごい仕事をしたんだね」と件の経営トップに声がかかった。

そのトップはその頃、上場企業の社長を務めていたが、出身元の安田銀行神田支店ではナンバーツーの立場にあったようだ。宴席の場も和んだ。

小長は通産大臣秘書官、そして首相秘書官を通じて、田中から人との接し方、生きざまなど多くの事を学ばさせてもらった。

例えば名刺交換もその一つ。

「君たちは、人に会ったらすぐ名刺交換するね。顔も見ないで名刺交換をするから相手の顔と名前を覚えないんだ」

この田中の言葉の真意がよくつかめず、戸惑っていると、次のような言葉が続いた。

「自分はアルバイトからたたき上げでやってきた。そういう時代は、こちらが名刺を差し出しても相手に受け取ってもらえなかった。従って、名刺を交換するという交流などは、当時の自分にはなかった。だから常に相手の顔を見、しっかり名前を覚えるということが習い性となってね。そのことが後になって、プラスになったんだ」

努力、努力、努力の人

田中元首相は、「1％のインスピレーション（直感、発想）、99％のパースピレーション（汗水、努力）という言葉が好きだった」という。

秘書官として直に仕えてきた小長は、「天才的な能力を持った人だというのは直感的に分かるのですが、本当に努力の人だったと思います」と語る。

総選挙で1回目に立候補したときは落選。2回目の立候補で当選。28歳であった。選挙戦の遊説でまず回ったのは、川でいえば源流に近い集落からであった。住民の数は少ない。どの立候補者も、人口密集地域から始めたがるが、田中の場合はそうではなかった。

「みんな同じ1票だ」という思い。こうした心配りが選挙民に支持され、以後、連続当選を果たし、首相にまで昇りつめる元になる。そうした生き方は、『日本列島改造論』になるまで昇華していく。「パーソナルヒストリーをひも解けば、やはり努力、努力の積み重ねなんです」と小長は語る。

　情報収集にかける意欲とスピードも速かった。

　当時は今のようにパソコンもインターネットもない時代。紙に書いた資料がベースだし、説明をするにも膨大な資料になりがち。忙しい田中には、それを全部見る時間も、長々と説明を聞く時間もない。

「要するに要点を三つにまとめて説明に来なさいと。三つにまとめられない位のときには、まだ説明者が十二分に事柄を理解していないのだと」

　半煮えの理解では、人に伝わらない。伝わらないものは予算化できない。このことは、産業政策づくりを担う小長にとって、大変重要な心得となった。

第二章

『至誠天に通ず』

玉置事務次官の訓示を胸に秘めて……

「至誠天に通ず」――。1953年（昭和28年）通商産業省（現経済産業省）に入省したとき、玉置敬三・事務次官は若き官僚たちを前に、「国家公務員として、与えられた職務に誠心誠意取り組んでもらいたい。至誠天に通じる」と訓示。小長は1986年（昭和61年）に退官するまでの役人生活の間、この『至誠天に通ず』を念頭に産業政策づくりに取り組んできた。産業政策はどうあるべきか。戦後の復興・経済成長の中で日本の立ち位置を見定め、国際競争力のある産業育成をどう進めていくのかを追求。今日に通ずるテーマである。

配属先に戸惑い、同期との勉強会で前向きに

小長が通商産業省（現経済産業省）に入省したのは1953年（昭和28年）4月のこと。この年は、日本がサンフランシスコ講和条約発効により主権を回復した翌年で、戦後復興からさらに国力を高めようと、国民全員が前向きに生きようと努力していたときである。

通産省に入省したばかりの若き官僚たちを前にして、玉置敬三・事務次官は、「通産行政は複雑多岐にわたる。国家公務員として、与えられた職務に誠心誠意取り組んでもらいたい。至誠天に通じる」と訓示。

小長はこのときの玉置の言葉をずっと自分の頭の中に刻み込んできた。もっと言えば、入省時から1986年（昭和61年）に退官するまで産業政策づくりに打ち込んできたわけだが、その形成過程で幾度か壁に当たるときに、この『至誠天に通ず』を念頭に作業を進めたということである。

人生にはそれこそいろいろな課題や悩みがつきまとう。小長が入省してすぐ配属されたのは特許庁総務部総務課であった。1年後の1954年5月には同庁審査第一部商標課の勤務を言い渡された。

そもそも役人（国家公務員）を志望したのは、自分の人生を自分で切り拓こうという思い

と、中央省庁の中で通産省を選択したのには明確な理由があった。

日本は無資源国で、例えば石油はほぼ１００％を海外から輸入している。資源に乏しく国際競争力も弱い。戦前も、最大輸入先・米国に石油輸出を止められれば1年ももたないほどの資源弱小国。

それでインドネシアなど東南アジアの資源国を押さえようと軍部が突っ走り、それを契機に戦争が始まった。資源小国という宿命の中で生き残るには貿易で国を発展させていくほかない、というのが当時日本の置かれた状況だった。

そうした中で貿易立国で中核的役割を担う通産省に小長は魅力を感じて入省した。

そういう思いを抱く小長に下った最初の配属先は特許庁。貿易立国・産業政策との関連で戸惑いながら自問自答を繰り返した。

「今から考えると、知的財産権を巡る仕事は非常に重要な仕事であったわけですけれども、当時はわたしの認識では、特許行政というのはどちらかというと法律行政であって、創造的に前へ前へという感じではない。むしろ申請されたものを法律的に処理するという行政分野なわけですね。通産省を志望した目的からすると違うのではないかなと、一瞬思ったりしましてね」

民間企業にしろ、役所にしろ、社会人生活を踏み出すときに必ずしも自分の望んだ所に配属されず、戸惑いを覚えるケースは少なくない。小長の場合は「もっと創造的な仕事をしたくて入省したのに……」と特許庁への配属にいささか得心がいかない面があったのも事実。

そんなときに、仲間から「一緒に勉強しないか」と誘われた。仲間とは、入省同期で共に特許庁に配属となった若杉和夫（後に通商産業審議官、石油資源開発社長・会長）、真野温（後に基礎産業局長、住友電気工業副社長）、鳥谷修（事務官時代に急逝）の3人である。小長を入れた4人で勉強会をつくった。

4人共に法律出身で、経済を勉強しようということで、ケインズの『雇用・利子および貨幣の一般理論』などの著作を原書で購入し、岩波文庫の翻訳本と合わせて、輪読会を開いたりした。

「友人ベースでそういう前向きの生き方をしようという提案が出てくるこういう所がやはり通産省だなあ、という感じがありました」と小長は述懐する。

どんなときでも、また、いかなる状況下でも前向きにとらえ、発想していく。特許庁に配属されたときに、その通産省の気風を感じ取り、同僚たちとの切磋琢磨で小長も元気になっていった。

当時、特許庁は残業などは全くない役所。夕方6時になると仕事から開放された。岡山から上京して入省した小長にとって、退庁後、空いた時間を有効に活用して、東京探訪するのが楽しみだった。

退庁後、銀座通りをゆっくり歩く、休日を利用して山手線をぐるぐる回りながら、名所を訪ねる。例えば新橋で下車し浜離宮に向かう、新宿、渋谷の夜を楽しむといった具合に東京探訪を行った。

また、当時、映画も全盛期で2本立て、3本立ての興行を楽しんだりした。

さらに、昼間の休憩時間に特許庁の屋上で練習する、通産省コーラス・グループに参加したり、社交ダンス教室にも通った。ダンスは、後に欧州勤務や海外出張のときなどに大いに役立った。

大学から社会に出た直後、自分の思い描いてきた像と現実の落差に直面し、戸惑いないしは失望を味わう。大抵の人がこうした戸惑いを経験しているし、これからの若者にも同じ思いをする人がいると思うが、「我慢だよというのはちょっと言いたい感じですね。とっさの判断で即決するのはいけない。やはり一度立ち止まって、しばらく考えるということが大事だと」と自らの体験を踏まえて、小長はこう語る。

経済協力課へ異動　「アジ研」設立へ動く

特許庁での3年間の勤務が終わり、次に移ったのが通商局経済協力課。1956年（昭和

31年）4月のことである。経済協力課は当時、まさに通産省が霞ヶ関に先鞭をつけて創設した課だった。中央官庁で経済協力課という名前を冠していたのは通産省だけであった。

翌年、外務省が経済協力課をつくるが、内外の流れを見て、フロンティアに挑戦していこうという気風が通産省内には満ちていた。当の小長はどう思っていたのか。

「経済協力ということに政府が真正面から取り組んでいく第一走者が通産省であったし、その担当の経済協力課へ配属になって頑張ろうと思いました」と小長もやり甲斐を感じた。

1956年（昭和31年）春といえば、終戦から10年余が経ち、復興期を経て経済の高度成長期に入る一歩手前。神武景気（1954年12月―1957年6月）の真っ只中であった。『もはや戦後ではない』とその年の経済白書が謳いあげたように、国民も自信を持ちはじめ、また貿易を通じて、海外との結び付きも深まり、日本が演ずる役割も大きくなり始めていた。

その意味で、行政の果たすべき役割、行政へのニーズも高まり、通産省の領域でも、「まさにフロンティアがごろごろ転がっていた。そこへ飛び込んでいくという感じだった。わたしは起案文書のつくり方、集めた資料の整理の仕方等を今風に言えばオン・ザ・ジョブ・トレーニングで教わりながら、文字通り下積みの仕事をやったわけですけれども、毎日毎日が非常に楽しかったですね」と小長は当時の雰囲気を語る。

やることなすことがすべて新しいことで、やるべき仕事が一杯あった。

経済協力をこれから積極的に進めていくということならば、まず相手国の実情をよく知らなければいけない。文献調査をやらなければいけないし、それなりの文献はいつでも揃えられるが、それだけでは不十分。戦前、満鉄（南満洲鉄道株式会社）の調査部がやって成果をあげていたフィールドワークが必要だという考えが当時の通産省内で高まっていた。

「経済協力の対象になる国の実地に入ったフィールドワークですね。民衆の生活の現状はどうで、経済協力の結果、どうその国の人たちの生活は向上しているのかといったフィールドスタディを地道にやっていく。そして、それを経済協力の施策に反映させなければ実のあるものにはならないという観点から、アジア経済研究所をつくるわけです」

アジア経済研究所は1958年（昭和33年）12月、財団法人アジア経済研究所として設立され、2年後の1960年7月、通産省所管の特殊法人となった。そして1998年（平成10年）7月日本貿易振興会（現日本貿易振興機構）と統合。2003年10月、独立行政法人に移行という経緯。

アジ研は今や、日本における開発途上国研究の拠点になっている。それぞれの地域に関する情報、知識をそれこそフィールドワークで収集・蓄積し、開発途上国の実態と課題を明らかにし、開発途上国への深い理解を内外に広めようというのが活動目的。日本と国際社会との連携を図る上でも重要な研究所である。設立当初の事情を小長が振り返る。

「いきなり特殊法人アジア経済研究所をつくる前に、財団法人として1年余やり、それから法律に基づく研究所ということになるわけですが、設立趣旨をつくるところから、フィールドワークをどうやり、どう反映させる組織にしていくかということを徹底議論し、詰めていった」

戦前、優秀な人材を集め、それらのスタッフが自ら現地へ足を運び、自らの目で確かめ、耳で関係者の話を聞いて回り、体系的な分析をしていったといわれる旧満鉄調査部なども国会図書館に通って研究した。

とにかく、フィールドワークを中心にした調査に基づく研究所という基礎構造をつくりあげていった。その仕事を担ったのが経済協力課であった。

アジ研の初代所長に東畑精一・東大名誉教授

新しい仕組みをつくる——。経済協力課での仕事は深夜の作業を伴うものだったが、大変にやり甲斐のあるものだった。

アジア経済研究所の初代所長には内外の事情に詳しい有識者がふさわしいとして、東畑精一・東京大学名誉教授にお願いすることになった。

また、現地に実際に入って調査をする人材も揃えていった。後に、イラクの調査研究で知られる酒井啓子（現・千葉大学教授）なども研究所のスタッフとして活躍した一人である。東畑は農業経済の大家、後に米価審議会の会長も務めた人物。初代所長に就任予定の東畑の所に小長は赴いた。

小長は予算要求案を携行しており、アジ研でフィールドワークを担う海外駐在員の経費について、１人当たり、「これ位を考えています」と説明した。

アジ研の海外駐在員の経費は、通産省所管のＪＥＴＲＯの海外駐在員と「少なくとも同じレベルで対応し、優秀な人をぜひ出したい」という小長の説明。

小長が説明し終えるや否や、東畑はすかさず、「予算の一部返上」を言い出した。戸惑いの表情を見せる小長に東畑は畳み込んだ。

「アジ研というのは、都会にオフィスを構えてそこでデスクワークをするのではなくて、むしろ農村部へ入り込んでいってフィールドワークを文字通りやるんです。だから都会に住むのと比べると、生活費はずっと安く済む。調査費は原案通りで結構」

東畑はこう語り、「だからＪＥＴＲＯ並みの大都会で生活する駐在員経費は削ってくれないか」と注文をつけたのである。

「君たちは言っていることと、やろうとしていることが違うじゃないか」という東畑の指摘。通産省は、予算を減額して要求したが、小長は「大いに啓発されました」と往時の東畑とのやり取りについてこう述懐する。

人と人との交流、対話の中で物事の本質をつかむ――。経済協力課時代に学んだものは多かった。

海外経済協力で新領域を切り拓く

無資源国・日本は海外との協力なくして、国全体の運営が成り立たない。敗戦から復興、そして高度成長という道程を踏んでいくわけだが、当時の経済白書が「もはや戦後ではない」と高らかに謳ったのは1956年（昭和31年）。事実、その後、国内の産業界は『輸出』と『設備投資』をキーワードに成長を実現。日本は1964年に先進国クラブとされるOECD（経済協力開発機構）の仲間入りを果たし、1968年に米国に次ぐ自由世界第2位の経済大国となった。そうした経済成長を促すべく産業政策づくりを担う通産省（現経済産業省）の中では、アジア経済研究所設置に続き、海外技術者研修制度や円借款供与の仕組みづくりが動き出す。

開発途上国との間で新しい関係づくり

1956年（昭和31年）4月、通商局経済協力課へ配属となった小長。ここで当時の世界の状況を概括してみよう。

先の大戦から間もない1950年代、欧米列強の植民地支配から脱し、独立する国が相次いだ。ナショナリズムが高まり、自力による経済発展を目指そうとする国は多かった。しかし、現実には、そうした開発途上国では独立間もない頃であり、資本の蓄積はないし、国際収支の赤字、技術力不足がネックとなり、なかなか経済発展ができないという現実。

1国の力だけでは、小さくてどうにも動きが取れない。そこで開発途上国の間では、みんなで連帯し、経済開発のため、先進国への協力要請を進めようという空気が強まった。その流れを世界に印象づけたのが、1955年（昭和30年）にインドネシア・バンドンで開かれた第1回アジア・アフリカ会議。通称『バンドン会議』と呼ばれる同会議には29カ国の代表が集まり、連帯と結束を固めた。

中国の周恩来首相、インドネシアのスカルノ大統領といった各国の若き指導者が集い、議論し合った。この会議には長い間、欧州各国の植民地支配を受けてきたアフリカの指導者たちも参加、いわゆる『第三勢力』の台頭を世界にアピールした。

それまで先進諸国の多くは開発途上国支援ということでは動きが鈍かった。それが徐々に経済協力を巡る動きが活発になってくる。東西の平和共存を探る空気も生まれ始めた。ソ連はアジア・アフリカの開発途上国に向けて平和攻勢を開始。こうしたソ連の動きに刺激されて、米国をはじめ、西側諸国の間でも開発途上国への援助の拡大・強化を図ろうという考えが強まった。

英連邦諸国は英国を中心に開発途上国を支援するための国際機関『コロンボ・プラン』を組織化していたが、日本もこれに1954年（昭和29年）10月加盟することを閣議決定。

このことは、日本にとってもエポックメーキングな事となった。1955年（昭和30年）には海外技術研修生の受け入れや各事業領域での専門家を海外に派遣することも開始。

これが政府開発援助（ODA）の始まりであり、日本の立ち位置を被援助国から援助国へと変換させることになった。

現地の技術者を養成し、企業の海外進出を支援

日本の産業界も1950年代半ばになると、製品の輸出だけではなく、海外に進出しての事業展開もやり始めていた。

「海外技術者研修協会（現海外産業人材育成協会）をつくった背景には、当時、日本企業が海外に出始めていたということがあります。彼らが現地で一番苦労するのは、技術者の確保という問題。現地で人を雇うのだけれども、その人たちの技術レベルが高くなかった。従って、そういう人たちを日本に連れてきて、本社で教育をするということを、いわば国がお手伝いをしようと。それで海外技術者研修協会をつくったんです」

この海外技術者研修協会の運営は、国と産業界の連携・協力で成り立つもの。

例えば大手電機メーカーがタイへ進出したとする。当然、現地で従業員を雇う。その従業員を本社で教育する場合、事前に半年間位、海外技術者研修協会で受け入れて、日本語を含めた一般的な勉強をしてもらうということ。その後、当該企業で勉強するという仕組みにした。

この研修協会設立にあたって経済協力課の果たした役割は？

「この海外技術者研修協会の設立の過程で先輩方、特に林信太郎氏（後の立地公害局長、ジャスコ副会長）の行動力、交渉力は抜群でした。この政策の受益者である機械工業を束ねる日本機械工業連合会と、研修生の一般研修を行う研修・宿泊施設を当座借りることとなるアジア文化会館、その監督官庁である文部省との利害調整を見事に成就されたからです」

この研修は機能したのか？

「大変機能しましたね。企業の海外進出の増加に比例する形で研修協会へのニーズが高まったわけですね」

小長は海外技術者研修協会をこう評価した。さらに海外における研修センターについて次のように続ける。

「タイのバンコクやその他のアジア諸国に海外研修センターが作られ、その国の技術者を研修し、レベルを上げることに貢献した。これは外務省が管轄するＪＩＣＡ（国際協力事業団、現国際協力機構）に吸収されて事業は継続されていくこととなった」

日本の企業、ことに製造業が海外進出していく背景には、このように発展途上国の人材を、日本とそれぞれの国において技術研修を行っていたという事実は大変に興味深い。

円借款方式で海外経済協力を推進

もう一つ、１９５０年代後半には海外経済協力で円借款の供与という手法が登場したことが注目される。岸信介内閣（１９５７年＝昭和32年2月から１９６０年7月まで）のときに、インドに対して供与されたのがわが国の円借款供与の始まり。

インドへの肥料プラント輸出に伴って、円借款が供与されたわけだが、従来プラントの輸出では延払い方式が使われていた。

敗戦から間もなくの1940年代後半と50年代前半は繊維や雑貨類の軽工業の時代。それを終え、もっと付加価値が高い産業の高度化を図ろうと、重化学工業の振興が始まった。

機械類や化学プラントを輸出するにしても当時、延払い方式しかなかった。そこで、通産省としては、円借款方式という新しい仕組みを考え関係各省に提案した。では、延払いと円借款はどう違うのか？

「要するに、こちら（日本）からプラントを輸出する企業にとっては、延払い方式の場合は全部こちら側が責任者になる。輸出国の取引先が破産した場合にその損害をかぶるのはこちらになるわけです。円借款は、相手の国にお金を貸すわけですから、日本の輸出企業にとってはリスクはぐっと少なくなります。そういうメリットがあるんですよ」

50年代後半、つまり昭和32、33年頃というと、日本はまだまだ慢性的な資金不足の時代。輸出で稼いでも国際収支全体で見ると、ややもすると赤字に陥りやすい状態。

敗戦の廃墟からスタートしてまだ10年余。産業全体の力もまだ弱く、『国際収支の天井』という言葉が使われたように、設備投資が増えて輸入が伸びれば、すぐ天井にぶつかり、赤字になるという状態が長く続いた。

2017年（平成29年）末現在、日本の外貨準備高は1兆2642億ドル強（約140兆円）と対外純資産は2・9兆ドル（約328兆円）以上という〝豊かな数字〟とは違う復興期の日本のしんどい姿がそこにはあった。

話を元に戻すと、海外経済協力ということでは、相手国との信頼関係構築も大事。

当時、『タイドローン（tied loan）』や『アンタイドローン（untied loan）』といった言葉がしきりに使われた。例えば『タイドローン』は〝ひも付き融資〟ということで、相手国にローンの使途を限定させるやり方。『アンタイドローン』は、そうではなくて相手国の自由に任せるやり方で人気があった。

こちらが海外経済協力案件と勇んでも、相手国には「何かプラントでひもが付いた格好でお金が来るのじゃないかという不満があった」（小長）のである。

しかし、当時のわが国の外貨事情等から考えると、プラント輸出というひもの付いた円借款しか選択肢はなかった。

「今ならアンタイドローンというのが当たり前の話なんですけれども、当時はまさに円借款というフロンティアを開くという意味があった」と小長は語る。

大蔵省と深夜のやり取り

経済協力課の課長は山崎隆造、後に安達次郎と課長補佐は林信太郎、次席に大永勇作（後の基礎産業局長、中小企業信用保険公庫総裁）、もう1人の次席に宗像善俊（後の中小企業庁次長、アジア経済研究所所長）、そして末席の事務官に小長、後任に安田佳三（後の日中経済協会理事長）というメンバーである。

官僚の生活は深夜遅くまで続く。例えば予算要求資料を持って、当時の大蔵省に夜11時頃出向く。大蔵省が要求する資料、データもきちんと揃えて、予算の要求を行うという作業。これを4年先輩の大永と小長がタッグを組んでやった。

こちら側としては丁寧に相手がくどいと感ずるほど粘り強くやっていく。しまいには、大蔵省の担当者たちも音を上げ、大永と小長2人が省内に入ると「大永小長の声がする」と半ば揶揄されたりした。

予算要求を行う側と、それを査定し、要求額を削ろうとする大蔵省担当者との間でのせめぎ合い。「大永小長」のチームが毎晩のように行くものだから、大蔵省担当者は閉口気味。何とか課題を見つけ出そうと、「大永小長」組に〝宿題〟を与える。数日は最低かかると見込んでいたら、その日のうちに、「宿題を解いてきました」と2人がやって来るというやり取り。

大蔵省の手の内を読み、上回る形で予算要求説明資料の仕事をするわけだから、「残業、残業もいいところだったですね」と小長は苦笑しながら振り返る。

だが、仕事のやり甲斐を感じていたから充実していた。また、大蔵省との間での信頼感も醸成。相手も深夜、時に未明まで仕事をする日々。お互いに、国のため、社会のためという思いで仕事をし、議論をすることで、時に対立もあったが、そういう作業の繰り返しが互いの信用、信頼につながっていった。

「経済協力白書というのを経済協力課が出すわけですが、その第1回は宗像善俊さんが中心で執筆。その後の日本の海外経済協力のあり方を示した中身で各方面から評価された」と小長は語る。

役所全体がまさに、フロンティアに挑戦するという雰囲気に包まれていた。

小長は通商局経済協力課と経済協力第一課に1956年（昭和31年）4月から1960年1月までの3年10カ月いたのだが、先述のアジア経済研究所創設、海外技術者研修協会の設立、そして円借款供与と海外経済協力を推進し、わが国経済の成長を図るための仕組みづくりにチームの末席事務官として奔走。まさに、フロンティア（新領域）を切り拓く経済協力課時代であった。

「公僕」としての役割に徹して

「公僕（パブリック・サーバント）として生きる」——。戦後の復興期から成長期へと時代の転換期にあって、国家公務員の役割とは何か、という命題を抱える中、1960年代後半（昭和40年代前半）には、わが国にも資本自由化・貿易自由化の波が押し寄せようとしていた。通商局経済協力課、振興部経済協力第一課を経て、重工業局電気通信機械課に配属となった小長。米国向けトランジスタラジオの輸出規制を手掛けたが、当時、日本製品の中には〝安くて悪い〟というものもある中、どう国産品を育てていくかという課題があった。

産業政策づくりは互いの信頼感が前提

「何かデジタル社会への進行によって、本当に生の人間関係というのが希薄になっている。それがデジタル社会の良さでもあり、マイナス面でもあるのではないかという感じがします。隣同士でもメールでやり取りする。それはそれでいいんですけど、やはり隣同士は声をかけ合うというのが本来の姿。直接の話し合いの中で、相手の感情がこもっている言葉を聞きながら判断していく。それが本来、人間対人間の関係のベースだったわけですね」

通商局経済協力課時代、海外技術者研修制度や円借款供与の実現へ向けて、予算の裏付けを取るために大蔵省（現財務省）と折衝するわけだが、ここで必要なのも、何といっても、担当者同士の信頼であった。

小長自身、当時の大蔵省の担当者から、「もちろん予算要求された項目は精査させてもらうけれども、最後は相手方の人間性、もっと言えば信頼感が醸成できているかどうかで予算は決まる」と言われていた。

役人と役人同士の間での信頼関係づくりもそうだが、役人と政治家、そして政治家と政治家との間でも同じだ。

通商局時代から10余年後、小長は田中角栄通産大臣、そして田中首相時代に秘書官を務める。そのとき学んだのも人間関係構築の中での信頼感醸成であった。

政治のリーダーとして天才といわれた田中首相が努力の人であり、政策論争で相手が負けとわかっているときも、そこから先は追い詰めず、「武士の情けで一歩手前で止めておられた。これはもう見事でした」と小長は述懐、次のように続ける。

「これも田中さんが下積みの中で、人間関係の中から自ら得られた生き方だと思います。ご本人は悔しい思いをされたこともあると思うのですが、相手から敵だと思われるようなことはしてはいけないのだと。自分の受けた経験を、まさに新しい人生の糧とするというようなところがあったんでしょうね」

産業政策づくりの上でも、信頼感醸成は不可欠ということ。

小長は1960年（昭和35年）1月、重工業局電気通信機械課に総括班長として配属となった。

その頃、日本の輸出品目もひと頃の繊維・雑貨中心の軽工業品から、電機製品へと移り変わろうとしていた。特に、米国向けのトランジスタラジオ輸出が盛んになろうとしていた。

当時トランジスタラジオについては、ソニー等の先発メーカーの製品に続き、雨後のたけのこのように現れた後発メーカーの粗製乱造品が輸出され、消費国の米国の電子工業会（EIA）からクレームが提起された。

電気通信機械課としては、日本電子機械工業会（会長・井深大）と相談しながら、輸出数量と価格の規制と一定以上の品質保持（機械金属検査協会の検査に合格したものしか輸出できない）を行った。

並行して重工業品輸出課との共同作業で、商社等に価格、数量、品質について輸出業者協定の締結を求め、実行した。これが機械工業製品の輸出規制第1号となった。

まだまだ、１９６０年（昭和35年）前後の日本の産業力は対外的に弱かった。某自動車メーカーの大衆車が米カリフォルニア州の坂を登れないといった話がささやかれるなど、この頃の日本企業は苦労もしていた。

国際競争力を付ける——。このことに官民挙げて努力していった。

経済成長するには、それだけの電力・エネルギーが必要。電力を増やそうとすると、電力会社向けの発電機、ボイラー等は海外メーカーから輸入せざるを得なかった。

しかし、いつまでも海外製品に頼ってばかりではいられない。国産化が必要という考えが強まり、1号機は輸入するが、2号機以下は国産という方針が打ち出された。その場合でも国産メーカーが米国勢や欧州勢と同じ条件で競争できるような仕組みづくりが求められ、ここでも官民の連携が必要となった。

国産化へ向け、大奮闘の先輩・平松守彦

そのとき、電気通信機械課が中心となって、日本開発銀行の融資枠組みの中に国産重電機等の延払い制度を創設することとなった。1号機の輸入の際には、当該政府の金融機関から延払い金融がつくので、2号機以下の国産機にも同様の枠組みをつくり、競争条件を整えようという趣旨である。

小長が所属する電気通信機械課の隣に電子工業課があり、そこにいたのが国産コンピューターの育成に注力した平松守彦（後に大分県知事）であった。

コンピューターを作った米国には超巨人のIBMのほか、ユニバック（現ユニシス）など強力なメーカーが日本進出に力を入れていた。

そうした状況下、国内のコンピューターメーカーが商用生産を始めるには、IBMが押さえていた基本特許の使用権を得ることが不可欠。

今で言う知的財産権に絡むだけに話し合いは難航。

「隣の課で、平松さんは大きな声を出して、電話で各方面とやり取りしていましたね。外資系企業の関係者とも丁々発止やり合っていて、堂々とした交渉ぶりに側で見ていて頼もしかったし、役人はこういうふうに仕事をしないといけないと学ぶことが多かった」と小長は振

り返る。

産業政策的には国産メーカーにＩＢＭ特許の使用が認められ、ＩＢＭに対しては外資法上の特例扱いを認めることとなった。国産コンピューター業界のテイクオフといっても過言ではない。当時、安保反対を叫ぶシュプレヒコールが窓外で聞こえていた。

「平松さんはＩＢＭのバーケンシュトック副社長と永田町にできたばかりのホテルニュージャパンなどを舞台に交渉、国内メーカー各社に代わって堂々とやり合った。英語はそれほど得意ではなかったようですが（笑）、大事なところは辞書を引き、筆談して論理の組み立てと話の中身の濃さで相手を納得させてしまう。説得力のある先輩でした」

小長はユーモアを交えながら、先輩の偉業を述懐する。

今、『第四次産業革命』や、『ソサエティ５・０』が叫ばれている。第一次産業革命の蒸気（石炭）から第二次の電気（石油）、第三次の情報（コンピューター）、そしてＡＩ（人工知能）やすべてのモノがインターネットにつながるＩｏＴの第四次産業革命。

また、狩猟・採集社会から始まった人類社会はその後、農業、工業を経て情報社会を迎え、さらに『ソサエティ５・０』という新しい時代に入りつつある。こうした時代の変革に伴い、内外の産業の姿も変わるし、またあるべき社会の姿やビジョンを描いての産業政策も変わっていく。

平松は電子工業課の課長補佐を務めた後、1960年代末から70年代初めにかけて電子政策課の課長を務めた。そして、『脱・工業化社会』を提唱し、IBMに対抗できる国産コンピューターメーカーの育成に尽力。

国産勢の発展のため、コンピューターメーカーを富士通・日立製作所、日本電気・東芝、そして三菱電機・沖電気工業の3グループに再編する案を出して、取りまとめた。

田中角栄・通産大臣と役人との関係

「国のためになる仕事を」ということで、産業政策のフロンティア開拓に省内が燃えていた。当時、田中角栄・通産大臣が仕事の心構えとして、口ぐせのように言っていたことがある。それは「問題点は三つに絞って説明するようにしてくれ」ということ。

要点を三つに絞れず、だらだらと説明を続けているのは、当の本人がまだ全体像どころか、問題の本質をつかみ切れていないからだという田中大臣の話。

大臣秘書官室へ飛び込んできて「大臣がいま空いていたら事前にご進講したい」との平松の申し出を夕刊を見ていた大臣に話すと「平松課長のレクチャーか。いいよ」という次第。「コンピューターメーカーを3グループに再編する構想を平松さんは手際よく説明されていたし、田中大臣もポイントを押さえるのが速かった。局長からの正式説明は数日後に行われたが、本件には時間をかけず、コンピューターの国際競争力を強化するための方策に議論が集中した」と小長は語る。

件のコンピューター産業の再編構想も、普通なら局長が大臣説明を行うところを、平松は局長にも事前に了解を取った上で、自ら直接田中通産大臣に進講し、了承を取った。

その平松は通産省を退官後、1979年（昭和54年）から2003年（平成15年）までの6期24年、郷里の大分県知事を務めた。知事として、『一村一品』運動を展開、地元の名産・名品を掘り起こし、活力のある地域社会を創る運動を興した。

今で言う地方創生のさきがけである。この『一村一品』運動は全国の自治体に大きな影響を及ぼし、アジア地区での地域起こしのお手本にもなった。

その平松は2016年（平成28年）8月21日、92歳の人生を閉じた。知事を辞めた後も、アジア各地から招かれ、その国や各地域の振興について、自らの思いを話す旅を続けていた。企画力、実行力があり、まさに公僕に徹する生き方であった。

公僕に徹してこそ

いま、働き方改革がいわれ、働き方、そして生き方そのものを見つめ直そうという空気である。公務員、ことに中央官庁に属する国家公務員の役割、使命とは何か？

「公務員の基本については、公僕、つまりパブリック・サーバントという考え方がありますよね。公僕に徹するというのが、われわれ役人のポイントだったわけですから。官僚というと、何だか上から目線の明治以来のお役人というようなイメージがあって、それで官僚という言葉は余り好きではないという人はたくさんいました」

小長が産業政策づくりにまい進した当時の通産省

小長自身、これまで「官僚」という言葉は使ってこなかった。

公僕に徹する——。産業政策づくりに打ち込めるというのは、仕事が忙しくても生き甲斐、やり甲斐があった。

今はデジタル社会になって、資料やデータもすぐに集めることができる。それは仕事のスピードを速めることになり、「効率もよくなるので、その分、仕事の生産性は上がる」と小長はデジタル社会のメリットについてこう語る。

一方、小長の若い頃は自分の足を使ってデータ・資料を集め、関係者と会って話をかわし、一つの法案なり政令として形づくっていくという手づくりの良さ、産業政策づくりの醍醐味が感じられたものである。

省内での議論もよくした。

役所の近くの虎ノ門や内幸町界隈、そして新橋・烏森といった居酒屋、料理屋で「一杯飲みながら、先輩や同僚たちと話を深めていって」と小長は談論風発の当時を述懐。

上司、同僚、そして後輩たちとの間で、仲間意識が芽生えていった。

官と民が対等に議論する協調方式の立法化を図った『特振法』

貿易・資本自由化への備えとして、資本力の弱い日本企業の国際競争力を高めよう、そのために過当競争をなくすようにしていこう――という趣旨で進められた『特振法』づくり。法案づくりに際しては、官と民が対等に、また金融（銀行）も産業も一緒になって議論を進めようと、それまでの審議会方式とは全く違う〝協調方式〟を基本理念にしているのが特長。国際競争力を付けていくには、「産業構造改革の基準として、所得弾力性基準、生産性上昇率基準、この二つを念頭において作業を進めた」と小長は語る。しかし、当の経済界の司令塔、経団連からは「官僚統制の強化になるのでは……」と〝疑念〟の声も聞かれ『特振法』づくりは難航して……。

『通産省の暑い夏』が始まった1961年7月

1960年代の高度成長期、投資が投資を呼ぶという形で民間設備投資も増加。個人の所得も増え、消費も拡大。『輸出』、『投資』、そして『個人消費』は日本経済の成長を促していった。

この頃、19歳の新進歌手・坂本九が歌う『上を向いて歩こう』(作曲・中村八大、作詞・永六輔)が大ヒット。1961年(昭和36年)夏にレコードが発売されたが、若い世代を中心に瞬く間に空前のヒットとなった。

《上を向いて歩こう
涙がこぼれないように
思い出す　春の日
一人ぼっちの夜
(中略)
幸せは雲の上に
幸せは空の上に》

それまでの歌謡のメロディ・リズムとは違って、ポップス調で人の心にスーっと入り込んでくる言葉で、坂本九が歌い上げた。一人ひとりの人生に、それぞれの喜びや悲しみがある。いろいろな出来事や体験があるが、しっかり上を向いて歩こうよという呼びかけに、世代を超えて共感できるものがあった。

2年後、この歌は『SUKIYAKI』というタイトルで米国でも発売。全米チャートでも1位になり、欧州でも人気を呼ぶなど日本の存在感を高めた。

この頃には世界が意識され始めていた。貿易・資本自由化で、日本企業が国際社会の一員としてやっていくことが課題であり、いかに開放経済を進めていくかということである。「資本自由化、貿易自由化ということで、外資がどんどん入り、日本の弱小資本が飲み込まれてしまうのではないかと。当時、ウィンブルドン現象が起きるのではないかと言われたものです」と小長は当時の状況を語る。

ウィンブルドン現象。デビス杯など有名なテニス大会が開かれるウィンブルドンがあるのは英国だが、そこに集うテニス選手は英国以外の外国人選手の方が圧倒的に多い。つまり外国人選手に席巻されるウィンブルドンのように、日本市場が外資に席巻されるのではと危惧する声が国内産業界にも強かった。

産業構造調査会（1964年に産業構造審議会に改称）の中に『産業体制部会』をつくったのは、企業局長・佐橋滋。まさに国際経済への適応体制を確立しなければいけないという思いが通産省関係者の中に強くあった。

佐橋が企業局長に就任したのは1961年（昭和36年）7月。ちょうど坂本九の『上を向いて歩こう』のレコードが発売された時期であった。

作家・城山三郎流に言えば、『通産省の暑い夏』が始まろうとしていた。

官と民、金融界と産業界が対等な立場で議論を

国際競争力を付けていくためには、過当競争を直して有効競争に持っていく——という考えが産業体制部会で議論されていった。そうした望ましい産業構造をつくりあげていくために、通産省は新しい方式を提案する。

それまでの各種の審議会といえば、役所が大体リードし、役所が上位に立つという上下関係が官民の関係者の中に無意識のうちにあった。

そのようなやり方を改めようというのである。従前のやり方とはどう違うのか。

「われわれの発想としては、役所と民間の方々が同じレベルで、また金融界と産業界も対等の立場で協調懇談会という話し合いの場をつくって、そこでじっくり議論して決まったこと

を実行していこうと。それが、資本自由化対策としての特振法の基本的なコンセプトでした」

小長の言う協調方式は、官と民の関係のあり方にも一石を投じるものだった。それだけに、この新しい考え方は民間にも大きな波紋を投げかけた。金融界にも、そして産業界にも、それぞれの思いで受け止められ、反響も大きかった。

この協調方式の基本的な考え方を取り入れる上でリード役になったのが、企業局企業第一課長を務めていた両角良彦（後の事務次官）であった。

両角は50年代末の若い頃、駐仏日本大使館勤務を体験。滞仏中に、ル・モンド紙で見た『協調経済』という小論に触発され、フランス経済の成り立ちを調査研究してきていた。

政府、企業、銀行、組合、消費者など多様な経済主体により同国の経済運営が行われていることに着目。

「ただ単に企業間に競争さえあれば良いというのではなく、これら異種の主体の間で相互に透明な協力関係を意識することが望ましいという。いわば音楽のコンサートと一緒で、巧みな合奏が求められているのである」（1996年＝平成8年3月、日本経済新聞『私の履歴書』）と、両角はフランス経済の構造分析を行っている。

「両角さんがフランスで勉強してきた協調方式という考え方を特振法案は盛り込んでいた」

と小長は振り返る。

それまで、法案の決定や法案づくりを進める上で、広く意見を吸い上げようということで審議会は活用されてきてはいた。

しかし、同じ民間でも金融界と産業界とでは立場の違いがあった。金融界は、資金を融資する側であり、優位な立場。産業界代表も、言いたいことを言おうと発言するのだが、結局、金融界には聞いてもらえないという不満が長い間くすぶっていた。

「ええ。それを是正すると。フランスでは協調方式ということで、金融界と産業界が対等の立場で話し合いを進めていく。そして、決まったことはお互いに順守する。そうした協調方式を踏まえて、政策づくりを進めようという考え方でした」

小長が語る通り、旧来の審議会方式とは異なった、新しい試みに通産省の担当部局である企業局は全員が燃えていた。

多士済々の企業第一課

特振法づくりの担当課である企業第一課に、1962年（昭和37年）2月から小長は3年半在籍。今の筆頭課長補佐は当時、法令審査委員と称していたが、小長の在籍3年半の間に、都合4人が入れ替わった。

最初の法令審査委員は岸田文武（後の衆議院議員）であった。岸田は、現在の自由民主党・政務調査会長の岸田文雄（元外相）の父である。

岸田の後、後藤一正、鈴木両平、古田徳昌（後のマツダ社長）と続き、小長は4人の法令審査員に仕えた。

岸田は昭和23年、後藤は昭和24年、鈴木は昭和26年、古田が昭和27年、小長が昭和28年にそれぞれ入省。3年半の間に4人の法令審査委員が変わったということだから、法案づくりや立法化が難航したということである。それだけに何とか立法化したいという関係者の熱意も高かった。

次席課長補佐の小長のチームには、法案づくりを進める総括係長として濱岡平一（昭和32年入省、後の資源エネルギー庁長官）がいた。濱岡の下には、末木凰太郎（昭和34年入省）、内藤正久（昭和36年入省。後に大臣官房長）など、新進気鋭の官僚が集まり、企業第一課も活力に満ちていた。

問題の特振法の骨子は次のような内容である。

①国際競争力の強化が必要な合金鉄、特殊鋼、電線、乗用車、石油化学などを特定産業の候補とする。②銀行代表、産業界代表、消費者代表、学識経験者に政府代表を委員として民主的な議論を重ねる協調方式を導入する。そして、③投資の適正化、事業の共同化など、当

該業種について振興基準を決める。さらに④資金の確保、合併する場合の課税の特例などの助成措置を定める。⑤品種、生産数量、生産設備の制限などの共同行為についての独禁法の適用除外などの規定を設けている。

国会（立法府）で法案を審議するのは国会議員、つまり、政治家である。法案の趣旨説明は与党だけでなく、野党へも必要であった。課長補佐の中で小長は最年少だったので、野党担当を割り当てられた。

小長は公明党議員も担当。当時、公明党はまだ衆議院で議席を持っておらず、参議院議員の7〜8人を回った。

丁寧に、熱心に法案を説明すると、公明党の議員たちも賛同してくれた。

日本社会党の勝間田清一・政策審議会長（後の日本社会党委員長）に説明した両角は、「いい法案じゃないか。賛成だよ」という返事をもらったりした。

しかし、立法化の主導権を握るのは与党・自由民主党。立法化の段階になって、その与党が気乗り薄の感じなのだ。なぜか？

「スポンサーなき法案」とマスコミは報道

産業体制部会には、経団連代表も入る。時の経団連会長は、石坂泰三（当時、東芝会長）

で、石坂はレッセ・フェール（自由主義経済）の熱き信奉者。1956年（昭和31年）2月から1968年5月までの12年余にわたって経団連会長を務めた財界の大御所。

当時の財界にあって、石坂は早くから貿易・資本自由化の旗振りを進め、日本企業の国際競争力を高める必要性を訴えていた。しかし、その手法は、役所の関わりを極力排し、セルフ・ヘルプ（自助）の精神でいこうという考え方。

60年代前後といえば、前にも触れたとおり、日本企業の自己資本力は弱く、100％資本自由化となれば、有力外資に呑み込まれる恐れは十分にあった。だから、官民一体で国全体が一つにまとまって対処していこうという考えと、行政の関わりをできるだけ排除しようという考えとの相克がここにあった。

何となく、「官僚統制になるのではないか」という経団連サイドの懸念を最後まで払拭できずにきていた。

そして、銀行の首脳の間にも、「産業界と同じ立場で話し合いなどできない」という反発が根強くあった。当時、全銀協（全国銀行協会連合会）の会長を務めていた宇佐美洵（三菱銀行頭取）など金融界のリーダーも協調方式を敬遠する言動を示していた。

紆余曲折を終え、特振法は流産となった。1961年（昭和36年）、1962年、そして1963年に三度にわたり、法案を上程し続けたが、いずれも国会で審議されることなく、廃案の憂き目に遭った。

その間に、事務次官は松尾金蔵から今井善衛（在任1963年7月から1964年10月まで）に変わったが、「今井さんから、特振法をやめろと言われたことはなかった」（小長）。担当部局の企業局長も佐橋滋から島田喜仁（後の石油公団総裁）、企業第一課長も両角良彦から本田早苗（後に丸善石油社長）に変わったりしたが、通産省としての特振法に対する考えはブレることなく、担当者たちは一つにまとまって行動してきた。

マスコミは、これについて「スポンサーなき法案」という見出しを使い、本来なら、金融界や産業界など当該業種が後押しするはずだが、特振法に限っては関係者の賛成が最初から得られていなかった——という趣旨の解説を付けて報道した。

法案の準備段階から入れると、4年かけて通産省が勢力を注ぎこんだ特振法も遂に流産となったのである。

特振法が流産となり、「疲労感は残りました」と小長は述懐。なぜ、通産省の真意は分かってもらえなかったのかという思いもある。しかし、特振法の趣旨、スピリッツは後々に生かされていく。

ブリュッセル勤務で欧州の経済事情を本省へレポート

貿易・資本自由化に備えて、産業界の国際競争力を高めようという『特振法』（特定産業振興臨時措置法）づくりだったが、肝心の産業界、金融界からは賛成が得られず、無念にも法案は流産（１９６４年＝昭和39年）。省内にも疲労感が漂う中、小長は担当の企業局企業第一課を離れ、半年間の研修生活に入った。この後、海外勤務で欧州の日本機械輸出組合ブリュッセル事務所に赴任。まだ、日本の自動車も欧州には輸出されていない時代だが、米国の自動車メーカーが盛んに欧州市場へ攻勢を掛けていた。それに対して欧州各国はどう対応しようとしているのかなど、欧州域内の事情を調査するのも主な仕事。小長の目に欧州はどう映ったのか。

特振法が流れたが……

スポンサーなき法案――。グローバル時代の幕開けとでも言うべき貿易・資本自由化に備えて、産業界の国際競争力を付けようという『特振法』だったが、金融界をはじめ、当の産業界からも支持が得られないまま、『特振法』は陽の目を見ずに廃案となった。

通商産業省（現・経済産業省）内には徒労感、疲労感も漂った。しかし、来たるグローバル時代に備え、産業界の基礎体力を付けようという考え方は真っ当なものだったし、その趣旨は後の通産行政にも生かされた。

その後、鉄鋼や石油化学などの主要産業で、官民合わせて議論しようという協調懇談会もその一つ。小長は１９８２年（昭和57年）10月、産業政策局長に就任し、産業政策づくりの総責任者になるが、この頃、国内産業界は第二次石油危機（１９７９年）後の環境変化の中で、コスト低減などの構造改善を迫られていた。

そこで、通産省は『特定産業構造改善臨時措置法』をつくり、対象の産業の国際競争力を付けるための構造改善、さらには再編を後押しした。

『特振法』が流れたのは１９６４年（昭和39年）のこと。『特定産業構造改善臨時措置法』が制定されたのは１９８３年だが、約19年の歳月が流れた勘定。

「特振法の法案はつぶれたけれども、協調懇談会や特定産業構造改善臨時措置法に考え方の趣旨はつながっているんです」と小長は述懐。

『特振法』には、それだけいろいろな人の思いが詰められているということである。

欧州ブリュッセル勤務へ

企業局企業第一課の仕事が終わると、「ご苦労さん、ちょっと研修を取ったらどうか」と勧められた。半年間の研修の後、「海外勤務はどうか」と言われた。

赴任先は、ベルギーの首都・ブリュッセルにある日本機械輸出組合ブリュッセル事務所。1966年（昭和41年）3月のことである。

いよいよグローバル時代が始まり、日本もその中を逞しく生き抜いていかねばならないという考えが強まっていた時期。役所も海外を意識しての人事を行おうとしていた。

当時の心境について、小長は次のように語る。

「わたしも余り語学が得意ではないので、少し心配はしていたんです。ブリュッセルというのはフランス語地域ですからね。そうしたら、日本機械輸出組合はブリュッセルが本拠地だけれども、守備範囲はヨーロッパ全域だと。だから、片言の英語で大丈夫だということで行く決意をしたわけです」

通産省に関連のある組織にＪＥＴＲＯ（日本貿易振興会＝現・日本貿易振興機構）がある。ＪＥＴＲＯのパリ事務所やロンドン事務所は、フランスなりイギリス当該国の担当という守備範囲だが、日本機械輸出組合のブリュッセル事務所のそれはヨーロッパ全域ということで仕事のし甲斐は大いにあった。

当時は、東西冷戦時代の真っ只中。東側（社会主義陣営）と西側（資本主義陣営）が激しく対峙していた時代。１９８９年（平成元年）の『ベルリンの壁崩壊』まで、その冷戦時代は続く。

小長は当時、社会主義陣営にあった東欧にもよく出かけた。

例えば、当時、東ドイツの首都だった東ベルリンにも車で入った。まず西ドイツの国境から東ドイツに入る。

「東ドイツ、西ドイツの国境は、それは厳重に警備されていましたけれども、壁はなかった。ベルリンへ行くんだといって、東ドイツ領の高速道路（アウトバーン）を突っ走ったわけです」

第二次世界大戦前、ドイツの総統・ヒットラーがつくったアウトバーンは東西をつないで走っていた。もちろん、国境での検問はある。

旧ベルリンは東西に分けられ、西ベルリンに小長は宿泊、東ベルリンに入ったりした。

このブリュッセル勤務の際、小長は家族を同伴していた。東ドイツ領に入る際、家族を連れていったこともある。当時、東ベルリンから西ベルリンへ、境界の壁を乗り越えて脱出しようとして銃撃される事件も時々起きて、ニュースになったりしていた時分。

この東ドイツ行きのことを後に知人に話したりすると、「よくそんな無謀なことをして無事だったね、と言われたりしました」と小長は笑う。

戦後20年ちょっとで、同じ敗戦国として、今どうなっているかという興味もあった。また、東西ドイツの比較も自分の目で確かめたかった。

古都ドレスデンは大戦末期、連合軍の攻勢でかなり破壊された。美しい建物が並び、内外の人々に親しまれてきたドレスデンの街並みも、訪問した時、「かなり壊されたままでした」と小長も述懐する。

まだ、戦争のツメ跡が残っていた冷戦時代の思い出である。

東欧、北欧などを家族と訪ねて、感じたこと

小長は1960年（昭和35年）2月に結婚。妻の多美子は、通産省で同期（昭和28年入省）の吉野元之助と大蔵省（現・財務省）の役人になった良彦（後の事務次官）の妹。吉野一家は兄弟で霞ヶ関の官僚となり、多美子も2人の兄を見て、官僚の忙しい生活を知ってい

た。

吉野の家に出入りし、政策論議をしているうちに、小長は多美子に魅かれるようになる。この人なら、結婚しても、自分の生活を理解してくれるという思いもあった。こうして小長は29歳のときに結婚。やがて2人に2男1女が授かった。

そして1966年（昭和41年）、日本機械輸出組合ブリュッセル事務所長を命じられ、小長は家族同伴でベルギーに渡った。小長にとって、最初で最後の海外勤務である。

結婚してからの役所生活では朝早くから夜遅くまでのハードな働き方。「女房には苦労をかけて……」という思いがある。

それだけに、ブリュッセル勤務は「家族と一緒に過ごしたい」という思いが強くあり、東ドイツにも一緒に出かけたのである。

このブリュッセル勤務は、家族生活を含めて、自らの生き方を見直す機会になった。それまで役所勤めはまさに〝24時間勤務〟で、家族サービスなどは一切できなかった。

「そういう意味では、ブリュッセル勤務の3年間は家族サービスができる絶好のチャンスだったわけです」と小長。

子供が夏休みになると、家族でイタリア、フランスなど南欧やノルウェー、フィンランドなど北欧へ出かけたりした。

「ノルウェーではフィヨルドを見たりして、爽快感も味わいました」

タラやシャケといった魚介類も豊富な北欧は、「結構、食事もうまかったし、野菜は輸入物が多かったが、おいしかった思い出があります」

家族との思い出は尽きない。1960年（昭和35年）に結婚して、良き伴侶として共に歩いてきた妻・多美子だが、2016年（平成28年）夏、長野県八ヶ岳に2人でハイキングに出かけ、帰る際に突然倒れ、帰らぬ人となった。56年間、寄り添って生きてきた2人の人生。

それだけに、欧州勤務は密度の濃い家庭生活が過ごせた時期として、小長にとって、思い出深いものになっている。

日本は乾電池、米国は車で欧州に攻勢をかけて……

日本機械輸出組合ブリュッセル事務所の仕事は欧州の産業界の現状調査が主なものだが、日本からの〝秩序ある輸出〟をどう実行していくかということも主要任務だった。

主に仕事の対象となったのは乾電池輸出。欧州には乾電池工業会のカルテル組織があり、日本からの乾電池輸出攻勢に悲鳴をあげていた。一部には、「輸入制限をすべきだ」という声もあった。

欧州のカルテル組織の本部はスイスのチューリッヒにあった。本部に出向いて、幹部と仲良くなると、「フランス工業会は結構うるさいから、フランス工業会だけは別途説得したほうがいいよ」と教えてくれた。

そこで、小長はフランス工業会を訪問。何回か話を重ねた。日本側に対しての理解も得て、日本は〝秩序ある輸出〟を心がけることで双方が了解した。フランス側も日本からの輸入制限を行わないというところまで話し合いは進んだ。

当時、まだ日本の自動車メーカーは欧州への輸出を手がけてはいなかった。その頃、米国の自動車メーカーは欧州へ積極進出して、各地に生産拠点を構えようとしていた。資本自由化の時代が到来ということで、米国のビッグスリー（GM、フォード、クライスラー）も欧州市場に積極攻勢をかけていた。

日本も、第一回東京五輪が開かれた1964年（昭和39年）に資本自由化の解禁に踏み切り、1967年に完全自由化という経緯。

資本自由化の一環として、米車をはじめ、海外メーカーの日本進出もあるべしというようなことも含めて、欧州の実情調査を行い、「本省へレポートを出したりしていました」。

米GMはベルギーに工場進出し、本格的な生産活動を始めていたが、「結局、そんなに摩擦が生じているということではなくて、むしろ地元の雇用創出に貢献しているという評価がありましたね」と小長は語る。外資が地域の振興、雇用拡大につながっているという指摘だ。

その米国車がいつの間にか地盤沈下し、攻守ところを変える話になっていく。十数年後には日本の産業界も力を付け、ことに自動車メーカーは国際競争力を格段に付けてきていた。

小長は１９８０年（昭和55年）１月、機械情報産業局次長に就任。日本車は世界最大の自動車市場・米国市場でも大変な人気を呼ぶようになり、対米輸出規制を強いられるようになっていた。

ブリュッセル事務所長から機械情報産業局次長までの13年余で、自動車産業の勢力図も変わった。時代の変化、環境変化は実に激しい。

地方振興と農村地域工業導入促進法の制定

欧州・ブリュッセル勤務から帰国後の1969年（昭和44年）10月、小長は企業局の立地指導課長を命ぜられた。地方振興のため工場立地をどう進めていくかが主要な業務。電力や通信などのインフラ整備に務め、工業団地方式を進める通産省（現・経済産業省）に対し、〃一村一工場〃方式を主張してきたのが農林省（現・農林水産省）。双方が議論し合い、協力し合って『農村地域工業導入促進法』を成立させる。新しい国土開発へ向け、政治と行政の関係はどうあるべきか。そして、国の富づくりを担う民間企業を含む、いわゆる政・官・財のバランスの良い関係とは――。

地方振興のために工場立地をどう進めるか

約3年半の欧州勤務を終え、1969年（昭和44年）秋に帰国した小長。その小長が同年10月、次に命ぜられたポストは企業局立地公害部立地指導課長だった。

この頃、今、何かと話題になる東京一極集中が進みはじめ、国全体に均衡ある経済成長を図るにはどうしたらいいかという空気が政策当局にも生まれていた。

「まさに、地方への工場進出をどう振興させていくかが大きな課題。その中の一つに、農林省（現・農林水産省）と共同で進めた『農村地域工業導入促進法』づくりがあり、それに基づく政策を展開していきました」

農村部に工業を導入して、地域振興を図り、その地域の雇用増と所得拡大を実現しようという構想。農村部は、農林省の管轄であり、通産省（現・経済産業省）との間で、農村地域工業導入促進法をまとめるまでには紆余曲折があった。

通産省の考え方は工業団地方式。まず地方にまとまった工業団地を造成し、そこに電力や通信などのインフラをあらかじめ整備しておく。また、排水の処理施設もきちんと整備し、いわゆる公害が発生しないようにするというもの。

そうした公害防止にも配慮した工業団地を全国的につくっていき、そこに工場誘致をし、地域経済発展の起点にしようという経済の政策官庁らしい考え方。

一方の農林省の考えはどうだったのか？　農林省は、そうした工業団地方式に理解を示しつつも、「工業団地以外の地域に工場が出る場合があり得るので、そのことも頭に入れておいてもらわないといけない」と一村一工場の考え方を主張してきていた。

1965年（昭和40年）頃、つまり昭和40年代に入ってくると、高度成長の負の側面として、公害問題が浮かび上がってきた。工場の煙突から噴き出される煤煙、工場排水をどう管理するかは社会問題化し、特に製造業では公害防止に努めなければいけないという空気が高まってきていた。

通産省としては、そうした時代の要請に応えるべく、工業団地方式を主張。しかし、工業団地指定に漏れた市町村にも工場誘致したいところがあるとする農林省は、そう簡単に通産省案に乗れなかったのである。

小長が当時の状況を語る。

「農林省の案は例外措置ならばいいけど、一般化すると、それこそ公害のバラマキになるということ。また、インフラ整備を集中的にではなくて、バラバラにやらなければいけないので、無駄な投資になる恐れがあるということで、通産省は反対したわけです。しかし、いろいろ議論し合った結果、工業団地方式が主体なんだけれども、一村一工場的なものも排除するわけではないという妥協の産物の法律になった」

こうして、通産、農林両省の主導で「農村地域工業導入促進法」（1971年＝昭和46年）が成立し、地方への工場進出が進められていくことになった。

通産省の産業政策もこの頃、転換期を迎えていた。

それまでは、臨海部に大規模工業団地を造成し、そこに重化学工業を中心としたコンビナートをつくりあげるというもの。

小長が立地指導課長を務めた頃（1969年―1971年）が次のステップに移ろうとしていた時で、内陸部に知的集約産業をつくろう——と通産省は考え始めていた。

石油などの資源関連や石油化学などの重化学工業は臨海部にある。機械工業や情報関連などの知識集約産業を内陸部に設置しようという考えである。

「その応用策として、臨空港工業地帯という構想も浮かんできた。空港の周辺に工業の集積地をつくろうという考えですね。具体的な施策として、中央の東証1部上場企業に呼びかけ、立地担当者を団員にして、全国的に企業立地条件の現地調査を行う調査団をその都度編成したんです。月1回位の頻度でグルグル地方を回り、適地を企業に選んでもらう。そこへ企業進出を図るというようなことをやったわけです」と、産官連携で、地方への工場立地を進めていった。

田中大臣との出会いで大いに啓発されたこと

人と人の出会いが、新たな思いや使命感を育んでいく――。

小長は企業局・立地指導課長を約2年務めたあと、1971年（昭和46年）7月、通産大臣秘書官事務取扱を拝命する。このとき、小長は田中角栄通産大臣の秘書官に就任したのだが、本人は、「予想外のことで、全く秘書官になるとは思っていなかった」と振り返る。

田中大臣の秘書官になったことは連載の初めに触れたが、この時の出会いが小長にとっては一種、衝撃的なものとなった。

大臣秘書官になって1週間目に、「君の生まれはどこかね」と聞かれ、「岡山です」と答えた小長に返ってきた言葉は、「岡山にとって、雪はロマンの世界だね」というものだった。

「川端康成の『雪国』の世界だよ。トンネルを越えれば、雪が降り積もっており、料亭で美人にかしづかれて一杯飲みながら、雪をめでているってなもんだろう。雪国生まれの俺にとっては、雪とは生活との戦いなんだよ」

これを聞いた小長はハッとさせられたのである。

「田中さんは28歳で衆議院選挙で当選。衆議院議員1年生から通産大臣の53歳までの間、毎日地方のことを考え、全体のことを考えてきておられたわけです。それに比べると、わたしの企業局立地指導課での2年間の勉強なんていうものは、全然箸にも棒にもかからないぐらいのものです。それで、わたしは発奮し、これではいけないということで、田中さんが2年前につくった、これは党の先生方、学者も集めて一緒につくったのですが、『都市政策大綱』という立派な本を改めて読み直したのです。同時に、田中さんがつくったといわれる33本の議員立法を全部点検して勉強し直したわけです」

政と官の関係から見て、小長が田中大臣から啓蒙啓発を受けたという事実は興味深い。

通産官僚の小長には、自分たちの行政の仕事を新しい社会の要請に合わせて進化させていかねばならないという思いがある。そういう小長の胸に、田中大臣の言葉はグサリと突き刺さったのである。

「それは、後から考えてみると、やはり田中さんというのはすごい力量の人だなと。わたしたちに、あれしろ、これしろと言うのではなくて、小説『雪国』の川端康成の言葉を持ち出して、『雪はロマンだね』という話し方。そんな話をして、相手を発奮させる。こういうモチベーションの高め方、人の使い方があるのかと思いましたね」

小長は立地指導課長を2年間務めたわけだが、これまで実践してきたことや体験が「いかに浅はかなものだったかと。これは、田中さんに言われたわけではなく、自分の反省としてね」という思い。

もう一度、勉強し直さなければいけないと気持ちを引き締める小長。これは政治家と官僚の関係を考える上で参考になるエピソードだと思う。

バランスと間合いの取れた政・官・財の関係を

政治と行政、そして民間（企業）と三者のバランスの取れた関係をいかに構築していくか――。これは、国全体の公正で健全な発展を実現していくうえで、古くて新しい命題。

「財（民間企業）は政治献金もするし、政治にいろいろ要望もする。政は、民間の意向を受けてまさに政策を立案していくという政治の役割を担う。そして、官（行政）は、政治が作った大きな政策の流れを誠実に実行すると。官と民の関係については、官の役割としては行政指導というようなところもあるけれども、公平・公正に行政を民に対してやると。まさに公僕としての役割を果たしていくというのが官と民との関係ということですね。だから、その辺の間合いの取れた、バランスの取れた関係というのは、これからも心してやっていかなければいけないんじゃないかということですね」

政、官、財にはそれぞれ使命と役割がある。例えば、財には経済活動を盛んにし、国の富を増やすという役割。政は立法府（国会）に籍を置く立場である者として、政策を立案し、立法化していく。官は、その政策を公平・公正に実行していく役割だが、政策立案や立法化の際には、政を補佐する機能を持つ。

「官僚機構というのは世界最高のシンクタンク」と言ったのは田中角栄・元首相である。議員在職中に33本の議員立法を自ら提案し、その立法化の過程で官僚の知恵も活用した体験からの発言である。

「田中さんはそのことをよく強調されていました。官僚機構を有効に使わない手はないよ、ということを言っておられた」

小長がこう続ける。

「元官僚の立場で言わせてもらえば、パブリックサーバント（公僕）として、公平・公正に行政を執行するというのが最大の役割なわけです。公平・公正に実行する。しかし、同時に、政に対しても、適切なアドバイスもし、進言もするというシンクタンク的な機能もフルに実行すべきではないかと思います」

政、官共に本来の役割を果たすことが大事だということだ。

田中の政治家としての決断力は、例えば大学紛争が頻発し、『東大安田講堂事件』が起きた1969年（昭和44年）にも発揮された。

当時、学園内は暴力沙汰まで起き、荒れ放題。大学当局も管理能力を喪失している状態。田中は当時、自由民主党幹事長。坂田道大・文部大臣と手を組み、国会に『大学の運営に関する臨時措置法（大学管理法）』を提出した。

この法案には、学長は6カ月以内で大学を一時休校することができ、文部大臣は紛争が9カ月以上経過した場合、閉校措置がとれることなどが盛り込まれていた。

衆議院では4泊5日、徹夜国会で強行採決して通過。

会期末の数日前に衆議院から回ってきた参議院では、重宗雄三議長は審議期間数日では法案成立は不可能と判断し、継続審議にする方向を模索していた。

この情報を聞いた田中幹事長は議長室に重宗を訪ねて一喝、「早くベルを押せ」と迫ったのである。「あなたは息子が大学を卒業しているから能天気でいられるが、今、子供の授業料を払っている親からすれば、子供が大学に行ってもゲバ棒でうまっていて講義も受けられない。こんな状況を放っておいていいのか」という剣幕に押されて、重宗議長は本会議開催のベルを押し、法案審議が始まり、最終的には可決、成立した。これで一気に大学紛争は解決の方向へ向かった。

停滞している流れを変える――。リーダーの決断が大事だということはいつの時代も変わらない。

第三章

政・官・財の新しい関係構築を

繊維産業の構造改善で稲葉秀三が見せた気骨

人と人の出会いが、それまで気づかなかった視点や発想法を与えてくれる――。秘書官として身近に仕えたときの田中角栄首相のモノの考え方もそうだった。その後、生活産業局総務課長となり、官界の先輩でもある産業研究所理事長・稲葉秀三の知遇を得る。稲葉は戦前、企画院に入った経済官僚の大先輩で、戦後復興のための傾斜生産方式立案でも活躍した人。1975年（昭和50年）、主要産業の繊維産業が輸入製品に押されて苦境に陥った時、通産省と業界の仲介役となり、構造改善策を提言するなど課題解決に動いたのも稲葉。人と人の出会い、そして産業政策を創り出すのも人である。

人と人のつながりで

人と人のつながりが政策の浸透を早め、交流を促進させていく——。小長が通商産業省（現経済産業省）に１９５３年（昭和28年）４月入省して、１９８６年６月に退官するまでの33年間の役人生活の中で痛感した思いである。

また、小長が現役官僚の頃は、人と人のつながりが深かった。田中角栄首相（当時）の著作『日本列島改造論』をまとめるときは小長が40歳のときであった。

その頃、70年代初め、旧制中学、旧制小学校の仲間が県庁や市役所に務めたり、中小企業の経営者であったりした。

「列島改造で地域にインターチェンジや工業団地ができるということで、仲間が興奮して電話をかけてくる。今度できるんだ、頼むぜというわけです。頼むぜといわれても、権限を持っているわけではないけれども、地方が盛り上がれば、こちらも盛り上がる。そういう相乗効果で全国的に盛り上がっていった」

中央の政策官庁に身を置く小長にとっても、地方の役所や企業に旧友がいることは心強かった。中央と地方のコミュニケーションがよく取れるということは、政策の実行も早くなるという効果が生まれるということ。

今、働き盛りの40代以下の中堅官僚の出身地を調べると、約7割が首都圏、地方出身者は3割しかいない。小長の現役時代はこの比率がちょうど逆で地方出身者が7割を占めていた。

東京と地方のギャップ——。政策担当者の首都圏出身比率が高くなり、地方の実情を肌身にしみて知っている人が少なくなっているのではないか。

親身になって地方のことを考え、それが政策に反映されることが理想的なのだが、現実がそうなっていないことに、小長は一種の危惧の念を覚えるという。

課題解決へ向け、人と人のつながりをどう構築していくか？

盛田昭夫や圓城寺次郎などとの交流の中で……

田中首相の秘書官を約2年半務めた後、小長は1975年（昭和50年）2月、大臣官房情報管理課長を命ぜられた。情報管理課の仕事は、「今で言うイントラネットをどう構築するかという仕事ですね」と小長は語る。

コンピューターの活用が進み、情報化とか知識集約産業という言葉が登場し始めた時期。産業界も生産性を向上させるため、社内の情報化や情報網づくりを進めようという機運が盛り上がろうとしていた。

60年代、そして70年代初め頃までの高度成長は重化学工業化によるものだった。70年代に入ると、日本経済も次のステージを目指そうということで、次の成長を担うのは知識集約型産業と言われ始めていた。

産業のあり方、方向性をめぐって、『情報化』がキーワードになりつつあった。新しい時代の空気が吹き始める中にあって、小長はソニーの共同創業者・盛田昭夫や日本経済新聞社社長・圓城寺次郎らと知り合う。

ソニーは1946年（昭和21年）創業で戦後生まれ。テープレコーダー、トリニトロンテレビなどユニークな発明で内外でソニー旋風を巻き起こしていた。1979年にウォークマンを世に送り出し、新しい消費文化を巻き起こしていた。ソニーは単なるモノづくりから脱皮、ソフトを重視し、付加価値を高めるという経営戦略が注目されていた。

ソニーは井深大と盛田昭夫という共同創業者が起こした企業。『愉快なる理想工場』を目指した2人の連携プレーで経営の成果をあげていた。

また、圓城寺は自らの新聞経営を経済情報機関として捉え、コンピューター化などを早くから進めていた。圓城寺は中医協（中央社会保険医療協議会）の会長を務めるなど、政府とのパイプも太い言論人であった。

「各界を代表する人と知り合い、そうした人たちの発想や考え方を知ることができて、大いに勉強になりました」と小長。

盛田という産業界の旗手、圓城寺というメディア界のリーダーとの交流は経済政策を立案する立場の小長にとって大いなるプラスとなっていった。

官界の先輩・稲葉秀三の知遇を得る

小長は大臣官房情報管理課長を半年近くやった後の1975年（昭和50年）7月、生活産業局総務課長に就任。ここで官界の大先輩であり、当時、財団法人の産業研究所理事長だった稲葉秀三の面識を得た。

稲葉は1907年（明治40年）生まれで1996年（平成8年）に89年の生涯を閉じたが、マクロの経済政策から産業政策まで造詣が深く、言論界でも活躍した人物。一時期、日本工業新聞、産経新聞の社長も務め、言論界のリーダーでもあった。

稲葉はこの頃、東南アジアからの製品輸入急増で悩まされていた繊維業界の構造改善問題に取り組んでいた。

話は前後するが、1973年（昭和48年）秋に第一次石油ショックが発生。原油高騰に伴い、他の原材料価格も大幅に値上がりして、超インフレとなり経済は大混乱。

その反動で不況となり、1975年（昭和50年）8月、〝人絹（人造絹糸）〟で歴史のあるメーカー興人が倒産。発展途上国の繊維製品での追い上げや石油ショックという外的要因で戦後最大の負債（約２０００億円）を抱えての倒産ということで、社会全般に大きなショックを与えた。

通産省で繊維工業を担当するのは生活産業局、そこの総務課長に就任したのが同年７月で、就任１カ月後に大型倒産に遭遇。省内にも緊張感が走った。

１９７１年（昭和46年）の日米繊維交渉で、日本は米国から対米輸出規制を迫られるほどの繊維製品の輸出国であった。それが、数年後には、東南アジアなど途上国からの繊維製品輸入増に悩まされる立場になっていたのである。まさに時代の変化は激しい。

明治維新（１８６８年）以来、繊維は日本の最大の輸出品目。大正時代は日本の綿業は「世界一の産業」となり、大正の終わりには世界有数の化学繊維生産国となった。

その日本の繊維産業が第一次石油ショックを境に、途上国からの輸入急増に悩まされるという事態が１９７５年（昭和50年）頃にはすでに起きていたのである。

稲葉はこの時、繊維産業が生き抜くために何をしたらいいかを考えようと、業界と通産省の橋渡し役を務め、日夜奔走していた。

その稲葉が『通産ジャーナル』（１９７５年12月号）で『産業構造の変化と繊維政策』と題して寄せた提言がある。

その中で、稲葉は「明治以来90年間日本経済を支えてきた産業は繊維産業だった」と、その歴史的貢献を書き、「しかしながら、昭和30年代の後半になって、繊維産業の運命にもまた変化があらわれてきた」と記している。

しかし、日本の輸出の大宗はその後、造船、自動車、電気機器、精密機械、建設機械、プラント類などに取って代わられる。

また、繊維は発展途上国が経済成長を果たしていく上で、まず最初に手掛ける産業である。それら途上国は次第に競争力を付けていくし、同じ品質の製品ならば、途上国は人件費が安い分、競争面で優位になる。

途上国は経済成長のため、輸出に注力。日本は1964年（昭和39年）に先進国クラブとされるOECD（経済協力開発機構）入りを果たしている。1968年には西ドイツを抜いて自由主義経済圏で米国に次ぐ2位の座に就いた。

日本は1975年（昭和50年）当時、先進国の一員として、途上国からの繊維製品輸出を受ける立場になっていたということである。

稲葉は『通産ジャーナル』の提言の冒頭、『産業の運命』というタイトルを付けている。

産業の歴史的変遷を冷静に捉え、昭和30年代の終わり頃から40年代初めにかけ、国内ならびに国際条件の変化に対応して、いかに体質を改善していくかを中心とした政策課題が登場してきたのであると記述。

事実、1967年（昭和42年）頃から、政府も特定繊維工業構造改善臨時措置法をつくり、構造改善の浸透に努めてきていた。

しかし、繊維業界からは「輸入規制に踏み切るべきだ」という声も強まっていた。繊維業界といっても、大手の紡績、化繊合繊から中小の綿スフ織物、絹人絹織物、そしてニット、中小紡績、染色縫製加工と、いろいろな業種があって複雑。さらに販売や輸出入では大手商社から専門商社、問屋、小売店と流通も多岐にわたる。特に中小の業種、事業者からは、関税引き上げや輸入規制を求める声が強く寄せられていた。

通産省内の空気はどうだったのか？

「輸入規制はできない」

「特定繊維工業構造改善臨時措置法に基づいて、繊維工業審議会があり、その下に政策小委員会が設置されていたんです。しかし、対策をまとめようとしても、時間がかかり、なかなかまとまらない状況でした」と小長は語る。

政策小委員会の委員長を務めていた稲葉は、状況打開のため、「繊維産業連盟が直接、通産省と団体交渉したらいいんじゃないの」と進言。繊維産業連盟は、各種繊維業種の上部団体で会長は、帝人社長、大屋晋三が務めていた。

稲葉の進言が関係者の同意を得る結果となり、繊維問題懇話会が発足。稲葉が座長に推されたという経緯。

懇話会のメンバーには生活産業局長の野口一郎と東レ会長・安居喜造やアパレル経営者などの業界代表4人、そして座長・稲葉の6人で構成。約50日の間に、織物、商社、地方業界、労働組合の関係者と会議を重ね、見解を直接聞いてきた。

当面の繊維対策の中核をなすのは輸入規制問題。各業種からは「海外からの繊維輸出を思い切って抑制してもらいたい」という注文が強くつけられた。

そして、「それができないなら、現在米国やEC（欧州共同体、現EU＝欧州連合）諸国でとられているような方式を取ってもらいたい」という要望が続く。

具体的には、繊維製品の輸入はこれだけだという枠をはめること。日本の繊維製品の輸入関税は低すぎるので、これを米国並みにまで引き上げる――といった要望であった。

懇話会はこれら要望を聞き取った後、議論を重ねた。

結論からいえば、「日本は貿易と工業化によって戦後の廃墟の中から今日まで経済や国民生活を再建してきた国であり、各国との自由な通商がその生命線である」と稲葉が『通産ジャーナル』に記した考えを基本に答申をまとめていった。

海外から安くてよい繊維製品が輸入されれば、国際分業の趣旨にも合致するし、国内の消費者も喜ぶ――。こうした考えがこの時に出された。そして、日本の繊維産業の進むべき道は、「高賃金のもとでも十分対抗できるレベルにまで繊維産業の近代化を推進していくこと」という提言を行ったのである。

「稲葉さんは、戦後の復興の傾斜生産方式以来、日本の産業政策に携わってこられた人。非常に歴史も詳しく知っておられるし、経験に基づく具体的な政策について、意見が言える方でした。業界も非常に評価し、通産省もいろいろご意見を伺ってきたんです」と小長は述懐。

産業の歴史を洞察し、時代の変化に的確に対応した稲葉精神である。

幻の『エネルギー省』設置構想に……

石油ショックは第一次（1973年＝昭和48年）、第二次（1979年）と二度にわたって発生。日本経済は不況局面を迎える。国家財政は赤字、民間企業も苦しむ中、「政府（官）も身を削るべき」という声が高まる。時の福田赳夫内閣は行財政改革を進めるため、中央省庁の再編へと動き出す。エネルギー省の創設案をはじめ、さまざまな行政機構の改革案が取り沙汰され、霞が関（官）はもちろん、永田町（政）、そして〝民〟を代表する経団連の本拠・大手町を巻き込んでの騒ぎとなる。

福田内閣で登場した行財政改革の構想

小長は1976年（昭和51年）6月、通商産業省の大臣官房会計課長を命ぜられる。同年12月、三木武夫内閣に替わって福田赳夫内閣が発足。

福田は、第一次石油ショックが日本を直撃した時の第二次田中角栄内閣の第一次改造内閣で大蔵大臣を務め、インフレの収拾に追われた。『狂乱物価』という呼称は福田が名付け親である。

産業界は、省エネ対策はもちろん、不況の中を生き抜くにはと、人員配置の見直しや経費削減とその対策に懸命だった。

福田首相は大蔵省（現財務省）出身で、主計局長も務めた官僚出身の政治家。もともと堅実財政を志向してきた政治家。佐藤栄作内閣で蔵相を務めた福田は、第一回東京五輪後の不況の中で、戦後初の赤字国債を発行せざるを得ない局面も体験している。

福田の首相在任期間は1976年（昭和51年）12月から1978年（昭和53年）12月までの2年間。この間、日本経済は石油ショックの影響が色濃く残っており、経済は不況局面を迎える。国家財政も赤字になっていた。

福田の政治家としての心境は、「民間が苦労している時に、政府が手をこまねいているわけにはいかない。政府自ら範を示さねば」というものであった。

そこで福田は首相に就任するや、行財政改革に着手し、財政も節約していこうということで、その一環として、中央省庁の再編に着手しようとしていた。

その省庁再編で、突如、降って沸いたのが『エネルギー省』設置構想である。これが、当時の通産省全体を巻き込んでの大騒動となる。

エネルギー省構想が登場する背景

福田首相は1977年（昭和52年）2月、行政改革の検討を始める。

「これは、行政機構のあり方から定員管理、特殊法人、審議会、それから補助金問題や各種の行政事務と、まさに広範囲にわたって検討が始まったのです」

小長は、当時の雰囲気をこう語る。福田首相の気合の入れ方がうかがえる。

福田首相は、外交面で『福田ドクトリン』という言葉を残したように、在任2年の間に東南アジア外交を積極的に展開。日本とASEAN（東南アジア諸国連合）との結び付きを深める外交に注力。

同年8月、福田首相は東南アジア出張を前に、行政改革の責任者、西村英一・行政管理庁長官を呼んで、「9月末までに成果を得るようにしてくれ」と指示。ここから福田内閣の行政改革の作業が正式にスタートした。

福田内閣の行政改革はいわば〝行革の走り〟とでもいうべきもので、政・官・財すべてのセクターでまだ行革機運は上がっていなかったというのが正直なところ。

しかし、日本経済を見ても、60年代をピークにした高度成長から安定成長へと移行し、時代は大きく変わろうとしていた。

その変化を促したのは第一次石油ショック。重化学工業で成長してきた日本だが、省エネ・省資源を迫られ、産業構造も〝重厚長大〟から〝軽薄短小〟への転換が叫ばれ始めていた。

こうした流れをさらに加速させるべく、第二次石油ショックが1979年（昭和54年）に押しかける。内外共に実に変化の激しい時代を迎えようとしていた。

内外共に、時代の変化が……

米国ではニクソン、フォード政権と続いた共和党政権から民主党政権に移行し、ジョージア州のピーナッツ農場経営主のジミー・カーターが大統領に就任（1977年＝昭和52年1月）。お隣・中国では、中国全土を混乱に陥れた文化大革命終結宣言が行われた（同年8月）。中国はこの後、鄧小平が最高実力者となり、1978年に改革開放路線を打ち上げ、経済大国への道を走り始める。

日本国内では、北海道・有珠山が8月に大噴火。10月には海外での石油開発投資に失敗して経営危機に陥っていた安宅産業が伊藤忠商事に吸収合併されるという救済劇も登場。

一方、明るい話題も誕生。19歳の山下泰裕選手が全日本柔道選手権で史上最年少の優勝を果たした。また、9月にはプロ野球・巨人軍の王貞治選手が対ヤクルト戦で756本というホームラン世界新記録を達成。福田内閣が制定した国民栄誉賞の第1号となった。

音楽の世界では、沢田研二の『勝手にしやがれ』やピンク・レディーの『ペッパー警部』が大ヒット。〝個〟の主張がはっきりと、堂々と行われる時代になろうとしていた。

福田首相の意気込みと裏腹に、周囲の反応は……

その行政機構改革の中で浮かんできたのがエネルギー省設置構想であった。

この他、都市住宅省、国民生活省、中小企業省などの案が浮かんだ。また農林省関連では当時、水産部門で卸など流通価格形成上の問題が起きたりして、「農林水産省にしたらどうか」という話が福田首相周辺から流れ始めていた。

そして、エネルギー省設置案は福田首相側近の田中龍夫通産大臣から、次官の和田敏信に伝わっていた。当時、省内の反応はどうだったのか？

「それはもう、政策立案の筋が通らない話だと。エネルギー政策は、まさに他の産業政策と一体的に処理してこそ初めて意味があるし、独立するというのはとんでもないということですね」と、小長はその頃の省内の空気を語る。

無資源国・日本は必要な石油の100％近くを輸入に頼り、全体の8割を中東に依存している。エネルギーに関する情報は長らく、石油メジャーが拒んだものを国内の石油産業経由で入手するぐらいでしかなかった。

もっと独自の情報収集や同じ消費国として先進国同士の情報交換を行い、日本のエネルギー政策立案に役立てるようにしよう——ということで、資源エネルギー庁は1973年（昭和48年）7月に設置された。

その直後、同年秋、第一次石油ショックが発生。このとき、資源エネルギー庁は存分に機能を発揮し、通産省の産業政策全体を展開していくうえで大変貢献したという思いや自負が同省関係者にはあった。

だから、無資源国・日本にとって、エネルギー政策は産業政策と一体的に運用されないと意味がない。それを分離するのは政策立案の実態を踏まえない議論だというのが通産省の考えである。

この考え方への理解を得るために和田次官以下の幹部は、政財界首脳に根回しを行った。

会計課長の小長もその一翼を担った一人である。

福田内閣の行政改革案は与党・自由民主党内での次の政権をめぐる思惑も絡み、政治的にも微妙な要素を含んでいた。

それだけに通産省内は、和田次官が「政治問題にはせず、あくまでも政策論議にもっていき、事務的にけりをつけていこう」という考えを打ち出し、その方向で動いていった。

同年8月21日の事務次官会議で、和田次官が、「エネルギー政策は通産省の産業政策と一体で運用されてこそ意義がある」と持論を展開。この和田の意見に、他の省庁の2〜3の事務次官からも、「わたしたちもそう思う」と同調する意見が出された。

通常の事務次官会議で、他省庁から、こうした意見が出されるのは珍しいこと。通常は、当事者の次官が説明して、それを淡々と承認するというケースがほとんどだ。

この事務次官会議の雰囲気に通産省関係者も意を強くした。

一方、政治はどう動こうとしたのか?

党内の実力者は福田構想に消極的

8月26日には、田中龍夫通産大臣が記者会見に臨み、エネルギー省新設問題について、「どう考えるのか」という質問を受けた。

翌日の新聞記事で、田中大臣は、「福田首相があくまで断行するというのなら話は別だが、通産省の立場では、省の新設には特に慎重であるべきだと考える」という趣旨の発言を行っている。

福田側近の大臣として、内閣全体のことを考え、通産省の立場もふまえた発言であった。小長もその発言に、「その当時、政治家らしい判断だと受け止めた記憶があります」と語る。

同月29日朝、大平正芳・幹事長が福田首相の東京・野沢の私邸に呼ばれ、福田―大平会談が開かれている。

首相が行政改革をやる理由を述べ、「党側の協力を得たい」と要請したわけだが、大平幹事長はその基本姿勢に「異存はありません」としつつ、「各方面の意見調整を十分重ねる必要がある」といきなり賛成はしにくい党内事情を説明。

また、同月31日には、次の首相の座をうかがう中曽根康弘・元科学技術庁長官も福田首相を訪ねて会談、「内閣に総理を本部長とするエネルギー対策本部をつくればいい話で、エネルギー省新設には反対」という意見を表明。

河本敏夫・政務調査会会長とも会い、「今は景気対策にまず取り組むべきである。行革は、許認可等の国民が納得するような行政事務の簡素化を重点的にやる必要がある」と訴えている。

こうした流れの中で同日、8者会談が開かれる。もともと福田内閣は行政改革を進めるうえで、党側では4者会談が中心となっていた。福田首相、園田直・官房長官、西村英一・行政管理庁長官、そして自民党の山中貞則・行財政調査会長の4人がその構成メンバーであった。

新たに、自民党三役と参議院自民党幹事長の4人が加わっての8者会談が開かれた。8者会談では、4者会談でまとまった大綱を試案として報告。これをベースに議論が進められ、省庁統廃合については、別途検討することとなった。

そして、福田内閣は1977年（昭和52年）9月1日、『行政改革大綱案』を発表。前文で、社会経済情勢の変化に対応して、行政も従来の惰性から脱却して近代化・改革化を図ると共に、体質の抜本的改善が必要であると、今回の行革の意義を強調している。ついで中身については、基本方針と要綱から構成されているが、省庁再編成については別途検討という表現にとどまった。

このエネルギー省新設問題は、「党内の派閥間の争いや政争の具になってしまったら元も子もない。やはり理屈の上で議論をしていくことが大事」（小長）ということで、いくつかの議論を経て、結局流産となった。

悲運に見舞われ続けたイラン石油化学プロジェクト

第一次石油ショック（1973年＝昭和48年）から5年近く経った1978年6月、小長は通商政策局経済協力部長を命ぜられる。当時、産業界で懸案となっていたのが、三井物産が中心となって、産油国イランで進めていた一大石油化学プロジェクト。しかし1979年1月にイラン革命が勃発。第二次石油ショックも起きて建設は中断。混乱の中、日本側は民間企業のリスク負担を越えているとして政府出資を仰ぐ。しかし、1980年9月、イラン・イラク戦争が起きるなど、悲運に見舞われ続けた同プロジェクトは結局、清算・撤退に追い込まれて……。

70年代は世界を揺さぶる出来事が次々と……

１９７０年代に入ると、世界の政治、経済秩序を大きく揺さぶる出来事が次々と発生。

１９７１年（昭和46年）夏、ニクソン・ショックで世界の基軸通貨・米ドルの金本位制離脱が表明された。ドルの弱体化である。

１９７３年（昭和48年）10月には、第四次中東戦争が起き、それを契機に第一次石油ショックが引き起こされた。１９７９年の第二次石油ショックへと続き、70年代は資源ナショナリズムが台頭、世界経済なかんづく、石油消費国の先進国経済を大きく揺さぶった。

１９７８年（昭和53年）６月、小長は通産省（現経済産業省）の通商政策局経済協力部長に就任。この時、日本の産業界の海外投資案件で建設費暴騰に悩まされていたのが三井グループの「ＩＪＰＣ（イラン・ジャパン石油化学）プロジェクト」であった。

日本側は三井物産が中心となって投資会社のＩＣＤＣ（イラン化学開発）を設立。このＩＣＤＣとイラン国営石油化学（ＮＰＣ）との折半出資で設立されたのがＩＪＰＣである。

１９７１年12月に日本側の三井物産49％、東洋曹達（現トーソー）31％、三井東圧15％、三井石油化学５％という出資比率でスタート。その後、日本合成ゴム（現ＪＳＲ）が三井物産と東曹から株を譲ってもらい５％出資で参加してきた。

《三井東圧と三井石化はその後、会社統合を果たし、現在は三井化学となっている》

このイランでのプロジェクトは当初、石油開発と石油化学計画の2本立てでスタート。石油開発は1971年（昭和46年）9月、日本の石油開発公団（当時）の75％出資を筆頭に、帝人、北スマトラ石油（当時）、三井物産などが出資して、投資会社のイラン石油を設立。このイラン石油がイラン国営石油会社と石油メジャーのモービルとの合弁でイラン・ジャパン石油を設立して、事業がスタートした。

イランのロレスタン地区での石油採掘の利権を日本側に与えるというイラン政府の提案に飛びついたのは合繊大手の帝人。当時、帝人社長の大屋晋三は経営多角化に熱心だった。

大屋をはじめ日本側でイランに関心を持っていた関係者は飛行機で同国の油田上空を飛び、石油随伴ガスが燃やされている実状に〝有効活用したい〟という思いに駆られたというエピソードが残っている。

しかし、油田は埋蔵量もそれほど期待できないと、フィージビリティ・スタディ（事業化のための事前調査）で分かった。

「ええ。イラン・ジャパン石油は1971年9月から事業化への動きを本格化するのですが、やっているうちに埋蔵量が大してないことが分かった。採算に乗らないため、この事業を断念するわけです」と小長は振り返る。

イラン・ジャパン石油は1977年（昭和52年）に鉱区の利権をイラン政府に返却して、同事業から撤退。

一方の石油化学事業はどうなったのか?

第四次中東戦争が勃発　事業に暗雲が……

イランでの石油化学プロジェクトで、IJPCが1973年（昭和48年）4月当初はじいた建設費は1500億円。1ドル=360円換算で、約4億ドルであった。

ところが、IJPC設立時の経営環境とは全く異なる事態が間もなく勃発。1973年10月の第四次中東戦争である。

それより6年前の第三次中東戦争（1967年=昭和42年）でアラブ陣営（エジプト、シリア、ヨルダン）とイスラエルの間で戦闘が発生。イスラエル軍が圧倒的に優勢で、南のシナイ半島、北方のゴラン高原、そしてガザ地区、ヨルダン川西岸を占領。イスラエル軍が戦闘6日間で圧倒的な勝利をおさめた。

そして第四次中東戦争が勃発。シナイ半島奪還を目指すエジプトは最初のうち、優勢を保っていたが、イスラエル側も反撃に転じた。開戦後1か月で米国の仲介もあって停戦となった。

アラブ側は結束を固め、サウジアラビアやイラク、エジプトなどが加盟するＯＡＰＥＣ（アラブ石油輸出国機構）が、イスラエルを支援する米国やオランダに対し、原油輸出禁止策を取るなど世界中を震撼させた。

石油の取引に力をつけ始めていたＯＰＥＣ（石油輸出国機構）も石油価格引き上げに動き、従来の4倍以上に原油相場は高騰。これで諸資材が暴騰し始め、世界経済は混乱におちいった。三井グループがイランで取り組んでいたＩＪＰＣ事業の建設費も暴騰。計画に狂いが生じ始めていた。

石油ショックで建設費が当初計画の5倍に膨れて

１５００億円と想定していた建設費は、第四次中東戦争翌年の１９７４年（昭和49年）10月段階で７４００億円と約5倍に膨れ上がった。

ＩＪＰＣの一大石油化学コンプレックス（基地）がつくられるバンダル・シャプールはイランとアラビア半島の間にあるペルシア湾の内奥部に位置する。

原料は、アワズ油田とマルン油田の石油随伴ガスを収集、燃料ガスを分離するなどして、バンダル・シャプールの基地までパイプラインで輸送するというもの。問題は約5倍に膨れ上がった建設費にどう対応していくか。小長が当時の日本側の内情を語る。

「日本側でも、所要資金がこんなにも膨らんできて、とても民間だけで手に負えないということで、ナショナル・プロジェクト化を日本政府にお願いしようじゃないかという議論が起きてきました」

ナショナル・プロジェクト化――。このことは、民間企業だけではリスク負担ができなくなり、政府出資を仰ぐ、つまり税金投入ということを意味する。

日本の出資会社内部でも、ナショナル・プロジェクトに持っていくべきという意見が大勢を占める中、当の三井物産がその案を「拒否」する考えを示していた。

当時の複雑な状況を、小長が振り返る。

「もともと三井物産は政府の手を借りないで民間でやる石油化学プロジェクトだと言っていた。それに、石油利権が絡む話になり、ますます良い事業になるということだった。ただ、石油開発の話は採算面で見通しがつきにくくなり、撤退。残る石油化学プロジェクトも石油ショックによる資材費高騰で建設費が膨れ上がってしまった。とても民間企業だけでは手に負えないという声が三井物産以外の企業の間で強くなっていったのは事実」

1978年（昭和53年）末には、現地バンダル・シャプールでの建設工事は80％以上の進捗。この段階では、三井グループとしてもまだ政府の力を借りないで、イラン政府と交渉しようとしていた。

イラン革命にも遭遇　革命政権との交渉で……

　ところが、翌1979年（昭和54年）1月に、イラン革命が起きる。パーレビ国王の体制が崩壊。イスラム教シーア派の聖職者ホメイニ師を最高指導者とするイランイスラム共和国が同年4月に樹立されたのである。

　日本人は革命のあおりで、全員がイランから追い出される形で総引き揚げとなった。工事は中断された。この段階で三井側も、「もはや民間企業が負担できるリスクの限界を超えている」と判断して、日本政府の支援を要請。これを受けて、IJPCをナショナル・プロジェクトに格上げするかどうかの議論が始まる。

　日本政府がそれを判断する前に、革命政府がこのプロジェクトにどう対応しようとしているのかを含めて、イランでの調査をしようということになった。1979年9月のことである。

　調査団長は、通商産業審議官の天谷直弘が務め、通産省のほか、外務省、大蔵省（現財務省）、経済企画庁の4省庁の代表が加わった。通産省の代表は経済協力部長の小長である。

　スケジュールは約1週間、イランではバザルガン首相、イラン国営石油会社ナジ総裁、国営石油化学会社のアベジー総裁などの要人に調査団は会い、革命政府の考えを聞いてきた。

「イラン革命政府のＩＪＰＣに対する対応を探ったわけですが、お三方は、このプロジェクトは進めますと言明するわけです。この事業計画を日本側が支援してくれれば、イラン政府は対日原油の供給を安定的に行うことを約束してくれた」

日本の調査団としては、どう対応したのか――。

「日本政府がバックアップして、現地の工場建設を再開するにあたっては、『原料ガスの供給、水の供給、従業員の住宅問題などについては、イラン側が責任をもってやってくれないと駄目です』と天谷さんが念を押していくわけです。この件についてはイラン側も『当然のことで、やります』と言ってくれたんです」

イラン革命政府の反応はあまりにも良く、日本政府の調査団は日程を繰り上げて帰国。時の大平正芳内閣は急ぎ、１９７９年（昭和54年）10月閣議決定で、ＩＪＰＣ事業をナショナル・プロジェクトに格上げした。政府出資は２００億円というもの。

ところが、このプロジェクトは不幸な星にとりつかれたように、いろいろな出来事に遭遇。

同年11月には、首都テヘランで米大使館人質事件が発生。翌１９８０年（昭和55年）４月、米国とイランは国交を断絶し、両国の対立関係は今日まで続く。

こうした中、イラン側は日本側にＩＪＰＣの工事の即時再開を迫ってくる。それで同年６

月、工事は再開される。

小長は1980年(昭和55年)1月、機械情報産業局次長になっており、イランでの工事再開は見届けられなかった。ともあれ、同年6月工事が再開され、工事進捗率も85%までいき、プロジェクトが軌道に乗り始めようとしていた。

ところが同年9月、今度はイラン・イラク戦争が勃発。現地の工場やプラント類が爆撃を受けて万事休す。結局、日本側は同事業からの撤退を余儀なくされた。

外部の危機に振り回されたIJPC事業をどう総括するか。

「第四次中東戦争と石油ショックを田中角栄首相と一緒に経験した者として、中東との関係については、相手国の経済開発へ協力してほしいという要望にできるだけ応えながら、油の安定供給を確保していくことが国益に沿うことであると頭に入れてきました」

小長は中東との経済外交の基本戦略をこう語りながら、次のように続ける。

「IJPCは結果的に不幸な結末になったのですが、まさに対中東政策の基本に沿ったプロジェクトを目指して最後まで踏ん張ったということです」

産油国と日本の関係、そして国と企業の関係を考えさせるIJPC事業であった。

サウジの石化事業を成功させた2人の経済リーダー

無資源国・日本にとって、産油地帯・中東との関係をどう保持していくか——という命題は重くのしかかる。1970年代は二度の石油ショックが起こり、石油価格が高騰。そのコストアップを日本は省エネ・省人化の技術を駆使した企業努力で乗り切る。同時に中東産油国との〝絆〟を強くするために、相手国との合弁でプロジェクトを推進。小長は通産省の通商政策局経済協力部長を務めている間、二つの石油化学プロジェクトに関わった。イラン事業はイラン・イラク戦争などで挫折するが、サウジアラビアでの事業は紆余曲折を経ながらも関係者の粘り腰で実現へ向かっていく。

中東産油国との関係をどう構築していくか

１９７０年代は第一次石油ショック（１９７３年＝昭和48年）、そして第二次石油ショック（１９７９年）と二度の危機に見舞われた。石油価格は従来の４倍にハネ上がり、世界経済は大きく揺さぶられた。

日本も諸資材の高騰でインフレが起き、その後は深刻な不況に見舞われた。また、産業界はコストアップを何とか抑えようと、省エネ・省人化の技術開発や知恵をひねり出して生き抜こうと懸命の努力が続いた。

無資源国・日本は石油輸入の８割を中東に依存しており、イランやサウジアラビアなどの中東産油国といかに良好な関係を築き上げていくか――。これは今日まで続くテーマである。

そういう状況下、三井グループがイランの国営企業と合弁で立ち上げたのがＩＪＰＣ（イラン・ジャパン石油化学）。70年代後半に巨額の資金を注ぎ込み、もう一歩でプラント建設も竣工というところへきて、イラン革命、そしてイラン・イラク戦争（１９８０年＝昭和55年）が勃発し、三井グループは事業撤退を余儀なくされた。

20世紀は、『戦争の世紀』と言われるが、石油資源が豊富に存在し、その開発利権をめぐって各国の思惑、利害がぶつかり合う中東。その中東は〝世界の火薬庫〟とも言われてきたが、三井グループのＩＪＰＣ事業はまさに中東の地政学リスクをもろにかぶる形となった。

しかし、この混迷期に、事業を結実させていったプロジェクトもあった。

米国がシェールガス・石油を本格的に生産する前まで、世界最大の産油国と言われてきたサウジアラビア。石油ショックが起きた１９７０年代、アラブの盟主とされる同国で、伊藤忠商事と三菱ガス化学が組んだメタノール事業である。

メタノールは石油化学の中間原料として主要なもの。豊富な石油資源を持つサウジアラビアで、メタノール事業を展開することは原料の安定確保ということからも大変意義深いものであった。

三菱ガス化学と組んだ伊藤忠商事・室伏稔の戦略

このメタノール事業は第一次石油ショックが起きた翌年（１９７4年＝昭和49年）に構想が持ち上がった。

「ええ。わたしが経済協力部長になる数年前から、日本の石油化学関係者の間で、ペトロミン（サウジ石油鉱物資源公団）と組んで、燃料用メタノール、次いで化学用メタノールをつくろうという事業案が浮かんできました。そうした国内産業界の流れをいち早くつかんだというか、自らその事業に名乗りを上げて計画を練ったのが伊藤忠でした。そして、メタノール事業の海外立地を検討していた三菱ガス化学につなげていきました」

当時、伊藤忠でこの事業を担当していたのは室伏稔。後に同社社長を務めた人物。同社会長を退任後は、日本政策投資銀行総裁、そして同行が民営化された後、初代社長に就任するなど幅広く活躍した経済人である。

室伏はサウジでのメタノール事業化を進める担当者として、小長をよく訪ね、意見交換をし、事業計画を練り上げていった。

「室伏さんは戦略的な商社マンで行動派でしたね。サウジのペトロミンを相手に精力的に動き、計画の実現へ向かっていかれた。それで、日本のパートナーを選んでいく中で、三菱ガス化学に的を絞って話を進め、プロジェクトを進めていった」

石油化学は文字通り、石油を原料にする。基になる石油は、石油ショックで価格が4倍に高騰。消費国の先進国はインフレ基調に見舞われ、いかに石油を安定的に調達するかが国家的課題となっていた。

また、石油ビジネスの主導権はそれまでエクソン（現エクソンモービル）やロイヤル・ダッチ・シェルなど石油メジャーが牛耳っていたが、石油ショックを境に産油国側が握った。

文字通り、世界が大激動に見舞われたわけで、この時期に産油国とプロジェクトを興すことについては、国民経済にも大きな影響を与えるということで、ナショナル・プロジェクトにすべき――という意見も強くなっていった。

この頃、サウジ側にも石油の付加価値を高めようと、SABIC（サウジアラビア基礎産業公社）が設立された。

こうした流れの中、1979年（昭和54年）11月、日本側は投資会社の日本・サウジアラビアメタノール（JSMC）を設立。出資比率は三菱ガス化学47％、海外経済協力基金30％、三井東圧（現三井化学）、住友化学、協和ガス化学、伊藤忠商事各5％、日本化成、新日鉄化学、東邦理化各1％という構成。

そして1980年（昭和55年）2月、現地で操業する合弁会社『AR―RAZI（サウジメタノールカンパニー）』が設立。日本側のJSMCとサウジのSABICの折半出資である。

1983年（昭和58年）2月、第一期のプラントが稼働。このサウジでのメタノール生産は以来ずっと継続してきたが、契約期限が2018年（平成30年）11月末で切れ、その後、2038年11月まで合弁期間を継続することで合意した。

サウジ事業を創り上げた三菱商事・山田敬三郎

もう一人、サウジで活躍した人物が、三菱商事で副会長まで務めた山田敬三郎である。山田は三菱商事で資源・エネルギー部門を担当、同社の収益を安定的に支える事業構造をつくりあげた功労者。ＡＳＥＡＮ（東南アジア諸国連合）の産油国・ブルネイでの石油・天然ガス開発は、『商社冬の時代』とされた１９９０年代後半から２０００年代初めに三菱商事の屋台骨を支えた。

何といっても、山田の功績は当時世界最大の産油国・サウジで合弁事業を成功させたこと。日本が石油調達でその８割を依存する中東産油国との関係を安定させるためのパートナーシップづくりで非常に貢献した。

山田はサウジのペルシャ湾を望むアルジュベール地区に一大石油化学基地を建設。これは、日サ双方の友好を象徴する合弁事業でもあり、産業界でも大きな注目を浴びた。

ただ、これも計画当初から順調に滑り出したわけではなかった。紆余曲折を経て、この合弁事業はナショナル・プロジェクトになっていくわけだが、政府の資金つまり国民の税金も投入するのだから、当然のことながら事業立案は丁寧に、慎重に進めなくてはならない。そして、何より官と民の連携をいかにスムーズにし、良好な関係をつくっていくかという連携プレーを山田は見事にこなしていった。

〝山敬さん〟と小長は親しみを込めてそう呼ぶ。

「山敬さんはしょっちゅう中東を歴訪しておられた。相手側との意思疎通ができていたし、まったく齟齬がない。また、日本の役所と業界の間でも齟齬がない格好でずっと話が進むわけです。国の金も入れなければいけないというときも、自然体でスッと入っていった」

改めて、ナショナル・プロジェクトとは何か——。本論に入る前に、三菱グループとサウジの石油化学合弁事業の設立経緯を要約してみよう。

1975年(昭和50年)3月に日サ経済技術協力協定が締結。石油の付加価値を高めようとするサウジ政府は石油化学事業を最重要案件と位置付け、日本に事業の早急な具体化を要求。計画の中心を担ってきた三菱商事と三菱油化はフィージビリティ・スタディ(事業化のための事前調査)をやった結果、「採算性が低い」と判断し、早急な事業化は無理と回答。

日サ双方の対話もぎくしゃくする場面もあったが、1977年(昭和52年)、サウジ側は日サ経済技術協力協定に基づいて、日本政府との合弁事業でやっていきたい——と提案してきた。

日本政府の間でも、石油の安定確保という視点から、この事業をナショナル・プロジェクトに持っていこうという考えが強くなっていった。当時は大平正芳内閣の頃である。

三菱商事会長の藤野忠次郎も「国益につながる仕事をするのが商社の役割」という考えを鮮明にしており、日本側は日本政府が投資会社に50％も出資する構想をサウジ側に提示。サウジ側もこれを受け入れ、計画は一気に前へ向き始めた。

1979年（昭和54年）、日本側の調査会社「サウディ石油化学開発（SPDC）」が発足。2年後の1981年には投資会社へと変わり、「サウディ石油化学（SPDC）」が誕生した。それから間もなく、日本政府の出資比率は50％から45％に変更されたが、5％分は鉄鋼会社6社、自動車会社2社が引き受けることで決着。

次に、日本のSPDCとサウジのSABICの間で合弁基本契約をまとめる交渉に入り、粘り強い双方の話し合いの結果、折半出資（50対50）による合弁会社『SHARQ（Eastern Petrochemical Company）』を設立することで合意。

SHARQは、アラビア語で〝東方〟の意味。工場の立地がサウジの東部州に位置しており、サウジからすると遥か東方の日本との合弁会社という意味を込めて名付けたのである。

ナショナル・プロジェクトになぜ、持っていったのか

前述したように、三井グループのイランでのIJPCは、慌しくナショナル・プロジェクト化したが、その効果が浸透しないまま、日本側は撤退に追い込まれた。その点、三菱グル

ープのサウジでのSHARQはナショナル・プロジェクト化がうまくいったとされる。

「なぜナショナル・プロジェクトかというと、国家的に重要なプロジェクトについて官民一体となって取り組むというのが前提にあります」

石油ショックが起き、石油の探鉱・開発から生産、販売に至るまでの事業の主導権が国際石油メジャーから産油国側に移行。資源ナショナリズムが沸騰し、石油価格高騰でインフレが起き、世界の政治、経済が揺さぶられる中、「日本国家にとって重要なプロジェクト」という認定を政府がすることで、混乱・混迷の中を官民協力して生き抜こうという当時のリーダーたちの覚悟があり、決意があった。

通商政策局の経済協力部長として関わった小長が、当時の産業政策のポイントを語る。

「産油国から石油の安定供給を得なければならない。そのためには思い切った経済協力をして、先方の理解も得なければいけない。こういう国家的目的に沿った経済協力プロジェクトについて、国はリスク分散という考えを採り入れ、海外経済協力基金を通じて、出資の形で資金を投入する。当然、全体の資金量は膨大であるし、官民一体になってやりましょうということですね」

中東は歴史的にパレスチナ問題もあり、これまで四度の戦争を体験。カントリーリスクが高い国ということで、石油ショック時、官民協力で窮地を乗り切ったということである。

日米貿易摩擦が頂点に、対米自動車輸出規制は解決へ

日本の自動車の生産台数が年産1100万台となり、自動車大国・米国を抜いたのは1980年（昭和55年）のこと。70年代に二度の石油ショックが起き、ガソリン節約のために小型車への消費者ニーズが高まった。省エネで価格も相対的に安く、そして高機能という日本車は米国市場でも人気が急上昇。米国経済は1980年に景気後退局面に入り、GMはじめビッグスリーは軒並み赤字。米自動車業界は、「失業を輸出している」と日本にホコ先を向け、日本車の対米輸出の自主規制と対米投資を訴え始める。1980年1月、小長は機械情報産業局次長に就任、この自動車摩擦問題を担当。日米双方で緊張感の伴う交渉が続いて……。

日本の自動車生産台数が世界一になった途端に……

今、米中貿易戦争が世界経済に影を落とす。経済規模で世界1位、2位の米中が高関税をかけ合うことで貿易にマイナスの影響を与え、世界経済減速の大きな要因の一つになっている。米国は安全保障と経済を絡めて、中国を牽制し続けてきており、米中貿易摩擦の解決までには相当な時間がかかりそうだ。

米国との貿易摩擦ということでいえば、日本は1960年代後半から問題がくすぶり始めた。

日米貿易交渉の最初の取りまとめが、1971年（昭和46年）の日米繊維交渉であった。この時の日本政府の責任者であり、担当者は田中角栄・通産大臣であったのは既に記した通り。この時、小長は大臣秘書官として田中大臣に仕えた。

「日米貿易摩擦を歴史的に振り返ってみると、60年代から70年代の繊維を中心とした摩擦。70年代に入ると、鉄鋼、家電製品、特にVTR、カラーテレビが対象になってきた。そして80年代冒頭から自動車に焦点が当たる格好になり、日米貿易摩擦が本格化していくわけです」

自動車文明発祥の地であり、自動車大国とされてきた米国。その米国が自動車生産台数で日本に抜かれたのが１９８０年（昭和55年）のこと。この年、日本の車の生産台数は１１００万台となり、世界一の自動車生産国になった。トヨタ自動車をはじめとする日本の自動車産業は輸出産業として、右肩上がりの成長を続けてきており、その成果を誇る歴史的な年となった。

しかし、このことは同時に日米間での貿易摩擦を拡大させ、米国側に悲鳴というより、反発を生じさせる結果となった。

日本からすれば、自動車産業の成長と発展は日本全体の経済力拡大につながるし、歓迎すべきこと。１９７０年（昭和45年）の車の生産台数は約５００万台。この後、国内販売は横バイで推移したが、国内自動車メーカーは輸出に力を入れて業績を伸ばしていった。

そして、１９８０年には輸出向けの販売は５９７万台となり、国内販売台数を上回ったのである。

一方、米国はＧＭ（ゼネラルモーターズ）、フォード、クライスラーのビッグ３は業績不振で経営悪化を招いた。

「80年代、米国経済は景気後退局面になり、乗用車の需要は前年を17％も下回る８９８万台になったんです」と、小長は当時の米国の苦境を語る。

当時の米国市場での販売状況を見ると、日本車は前年比９％増の１９１万台でシェアは

21・3%。日本車の攻勢で、米国の自動車メーカーは大幅な減産に追い込まれた。その結果、GM、フォード、クライスラー3社は軒並み赤字に陥った。

「日本は失業を輸出」

「日本は失業を米国に輸出している」――。当時の米自動車業界は、こういうスローガンを掲げ始めた。販売不振が続き、従業員へのレイオフ（一時帰休）などの合理化策を打たざるを得ない状況下、矛先を日本に向けてきた。全米自動車労働組合（UAW）も米議会に、「日本は失業を輸出している」と、訴えというより〝抗議〟に近い言動を取るようになったのである。

1980年（昭和55年）2月には、UAWのダグラス・フレーザー会長が来日、日本の自動車各社を訪問し、日本側の輸出自主規制と対米投資を訴えた。同年6月、米自動車産業の失業者が増えている原因は「日本車である」として、UAWは米国国際貿易委員会（ITC）に通商法201条の発動を求めたのである。

まさに、米側は労使一体となって、日本車の輸入制限を求め、米自動車産業を何としてでも救ってくれ、保護してくれ――という訴えを強めていった。

日本側はどう対応していったのか？

同年10月に開かれたＩＴＣの公聴会で米国トヨタのノーマン・リーン副社長が証言者として出席。次のように述べた。

「米国の自動車産業の苦境は、経済情勢がもたらしたものであって、日本などからの輸入車が原因ではない」

この訴えが功を奏したというほどヤワ（柔）な状況ではなかったが、日本側も政府と自動車業界が一体となり、いろいろな機会を捉えて反論。ＩＴＣの場でも、「日本からの輸入車が原因ではない」と陳述していった。

翌11月、ＩＴＣは日本車に対し「シロ」の裁定を下した。

これで一息つけたが、それはまさに束の間の喜び。自動車の貿易摩擦に代表される通商摩擦はもっともっと根の深いものであった。

ブロック通商代表部代表との激しいやり取りの中で

１９８０年（昭和55年）は米国にとって4年に一度の大統領選の年。１９８１年1月共和党のレーガン政権が誕生。3月2日に会談した福田赳夫元首相に対し、「自動車の対米輸出は、米国最大の問題となっているので、日本としても十分関心を持ってほしい」との話があった。3月23日には伊東正義外務大臣とヘイグ国務長官の間でもこの問題が取り上げられた。

新政権で通商問題を担当するＵＳＴＲ（米国通商代表部）の代表に就任したのがビル・ブロック。そのブロック代表（在任期間は１９８１年から１９８４年まで）も、日本に対し、何らかの輸出規制政策を取らないとさらに厳しい状況を招くことになるという趣旨の通告を行ってきた。

時の通商産業省は田中六助大臣の下で、通商産業審議官の天谷直弘、機械情報産業局長の栗原昭平、小長は１９８０年（昭和55年）１月に機械情報産業局次長に就任。機械情報産業局の陣容は、総務課長が杉山弘、後任に児玉幸治。自動車課長が横山太蔵、後に西中眞二郎であった。

小長はブロックＵＴＳＲ代表との交渉には直接参加はせず、裏方として根回しの役割を分担。

日本側も主張すべきは主張しなければならない。

「日本からすれば、米国のビッグ3が赤字になったのは、輸入車のせいではなくて、米国経済が不況局面に向かっているからだということを資料に基づき説明した。ですから、米国の何とか輸出制限してくれという要求に対して、日本の業界は簡単に『はい、分かりました』と言える状況では全くなかった。お互いの経済状況も踏まえ、いろいろな議論をするわけです」

小長がこう語る通り、まず通商問題の本質について議論を交わす。そして米自動車産業の苦境は、日本からの輸出のせいではなく、米国経済全体が下降局面をたどっている中での現象である――という認識を共有することから交渉を進めていった。

議論のポイントとして、小長はさらに次のように語る。

「70年代初めの日米繊維交渉に象徴されるような政治問題にしてしまっては日米関係に好ましくない。政府間で理性的に問題を解決することを心掛けなければならないということを基本的な方針とするわけです」

あくまでも双方が理性的に課題解決へ向かって対応していくことが肝腎ということである。

自由貿易の中で、互いに国際競争力の向上を

考えてみれば、つい20年前まで日本の産業界全体が体力は弱かった。日本の貿易自由化、資本自由化は1960年代後半から始まった。当時は、関税をもって日本産業を保護する。保護している期間に、競争力を付けて、新しい産業構造の担い手としての自動車産業を育成しようという時期であった。

その時期、米国は結果的に、日本の産業育成策に圧力をかけることなく、同盟国・日本の産業の発展ぶりを見守っていた。

第二次大戦後、世界経済を牽引してきた米国だが、１９７１年（昭和46年）のニクソン・ショック以降、ドルは変動相場制に入り、輸入課徴金制度を設けるなど、相対的に米国の力は低下してきていた。

日本は官民一体で経済成長を遂げ、１９７９年（昭和54年）には社会学者のエズラ・ヴォーゲル教授が『ジャパン・アズ・ナンバーワン』を著し、世界で存在感を高めてきていた。

そして、80年代に日本経済は世界のＧＤＰ（国内総生産）の15～16％を占めるほどになり、80年代後半のバブル経済でその力はピークに達する。

小長が機械情報産業局次長に就任したのは、日本がまさに好景気を謳歌しようとしていた時。逆に米国は製造業が衰退し、コンピューターやＩＴ（情報技術）などサービス産業で国際競争力をいかにつけていくかという転換期を迎えていた。

日本は70年代の二度の石油ショックで石油価格が高騰した際、省エネ・省資源への産業構造転換を余儀なくされた。自動車でいえば、ガソリンの消費がより少なくて済む燃費効率のいい車の開発であり、それだけ高品質・高機能の車をつくろうということである。

国内の自動車産業には「自分たちが努力してきたのに、対米輸出規制とは……」という反発があった。また、「これから輸出に力を入れようとしている矢先に規制なんてもってのほか外」という訴えもあった。

一方、通産省としては、過去、日本の貿易・資本自由化の時期を延期することについて米国が容認してくれたという経緯もあり、「相手が苦境にある時は惻隠の情があってもいいのではないか」と業界を説得していった。

日米自動車交渉は1981年（昭和56年）5月、田中六助・通産大臣とブロックUSTR代表との間で決着。日本側は対米輸出台数を年間168万台にする――ということで折り合いがついた。前年の対米輸出台数は182万台だから14万台減らす勘定だ。

日本側の対米輸出の自主規制期間は3年。〝3年〟が意味するところは、米国が燃費効率のいい車を開発するための猶予期間という位置づけである。

これを機会に日本は米国での現地生産に本格的に乗り出す。

最初にホンダがオハイオ州で『アコード』を生産開始（1982年）、トヨタもGMと組んで合弁会社をつくり、カリフォルニア州で生産を開始（1984年）、そして1988年ケンタッキーで本格的な自社生産ということで米国進出を果たしていく。

「米国側は、むしろ日本側が積極的に米国で現地生産をしてほしいという考え方。そこでできた車は米国の車になるわけですね。米国産の車を日本へ輸出することになれば、結果的に貿易のインバランス改善につながるのではないかということもあります。同時に、米国産日本車の輸出は雇用の改善にもなる。日本の自動車メーカーの現地生産については、大変前向きな感じだった」

米国の自動車メーカーも日本市場向けに、右ハンドルの車をつくるとか、比較的小さい車をつくる努力はしたが、結果的にうまくいかなかった。3年後に、日本側は再度、新たな輸出自主規制枠をつくる羽目になったが、日本は現地生産でグローバル市場を開拓するという戦略を構築できたのは大いなるプラス効果であった。

2019年（令和元年）の段階で、米中貿易戦争に見られるように、今は経済に安全保障が絡む時代。両国の覇権争いの要素も加わるだけに、根本的な解決までには相当な時間がかかりそうだ。

国益と国益はいつの時代もぶつかる。どうしたらウィン・ウィンの関係を構築できるか——。

関税などの壁をつくるのではなく、相互に交易をしながら、相手のプラスにもつながる道を切り拓いてきた日米通商交渉には、現在の課題解決のヒントになる〝発想〟がある。

行政改革始まる、臨調会長・土光敏夫との出会い

1981年（昭和56年）、小長は大臣官房長に就任する。70年代は二度の石油ショックを経験し、省エネ・省資源の経済構造に転換すべく、官民一体となって新しい産業秩序をつくるよう努力。80年代、日本の産業界は米国から対米貿易黒字を減らせと圧力を受けるほどグローバル市場で存在感を高めていったが、一方、社会保障費の負担が重くなり始め、財政健全化の必要性が叫ばれ始める。鈴木善幸内閣の下、『臨調』（臨時行政調査会、いわゆる「第二次臨調」）が発足。会長には財界人が起用され、経団連会長を務めた土光敏夫が就任。官房長就任に伴い、小長が『増税なき財政再建』を図ろうという土光臨調会長のもとを訪ねると——。

増税なき財政再建へ向け、土光臨調が発足

『増税なき財政再建』――。

鈴木善幸内閣（1980年＝昭和55年7月から1982年11月まで）は、『増税なき財政再建』を旗印に掲げ、『小さな政府』づくりを標ぼう。そこで、増税に頼らない実現可能な改革案をつくってくれと臨調に伝えた。

70年代に二度の石油ショックが起き、民間企業もそれを乗り切るために合理化や経営改革に着手。身を切る作業を実行してきていた。

国の財政負担が重くなり、赤字国債の発行で財政のツジツマ合わせをせざるを得なくなり、80年前後から財政危機が認識されるようになった。政府（行政）も無駄をなくし、身を削ることで『増税なき財政再建』がうたわれたのである。

赤字財政を無くすには、増税して歳入を増やすか、経費をカットすることにより歳出を削減していくという選択がある。また、民間活力を高め、そのことで企業が収益力を大きくし、個人の所得が上昇することで法人税や所得税の収入増を図るという選択肢もある。

高度成長から安定成長へ――。

二度にわたる石油ショックで成熟経済への転換を余儀なくされた日本。官民一体となっ

て、無駄なものは無くし、ゼイ肉を削っていこ[illegible]という空気が強まっていった。
それには、まず官がお手本を見せるべきとい[illegible]ことで、行革気運が高まっていったのである。

臨調はその行革のお目付とでも言うべき存在[illegible]会長には、前述の通り、財界人の土光敏夫が就任した。

土光は石川島播磨重工業（現ＩＨＩ）の社長、[illegible]長を務めた後、一時期、経営難に陥っていた東芝の再建を託され、社長、会長を歴任し[illegible]その猛烈な働きぶりは有名で、経営者としての実行力、指導力が高く評価された人物で[illegible]。

１９７４年（昭和49年）には経団連（経済団体[illegible]合会＝[illegible]の日本経団連）の第四代会長に就任。２期６年にわたって産業界を牽引。石油ショック後[illegible]乱に陥った日本経済の安定化に努めた。

生活スタイルは質素で、〝ハンブル・ライフ（[illegible]約生活）〟[illegible]の[illegible]臨調会長に就任して、朝食でメザシを食べる光景がテレビで放映さ[illegible]ると、全国[illegible]港[illegible]メザシを食べてほしい」と、土光の自宅にイワシ類がどっと[illegible]けられる[illegible]が残っている。国民の間にも、土光人気は高かった。

経営の第一線にあった時は〝怒号〟よろしく、筋[illegible]の通らない話に遭遇すると、担当者や責任者を叱りつけ、その手直しや改革を命じた。

率先垂範で実行力があり、熱血漢。自ら現場を回っては励ましたりして、経営力と現場力の一体化を図っていた。

土光の名をもじって周囲は〝怒号さん〟と親しみを込めて呼んでいたのである。

臨調に参加した民間人の活躍

『土光臨調』と呼ばれた第二次臨時行政調査会は、1981年（昭和56年）3月16日に初会合を開催。

小長の官房長就任は同年6月26日で、臨調発足から3カ月余のことであった。

なぜ、第二次臨調と呼ばれるかといえば、1961年（昭和36年）の池田勇人内閣時に第一次臨調（会長は佐藤喜一郎・三井銀行社長）が存在したからである。

第一次の時は、高度成長期で岩戸景気（1958年＝昭和33年7月から1961年12月まで）の後半にあたり、行革の気運は率直に言って盛り上がりを欠いた。

世の中全体が右肩上がりで、終戦から十数年で、「明日」の明るさを信じて皆が頑張っていた時代。それに霞が関の官僚たちの関心も薄く、官公労など公務員の労働組合は行革に反対の意向で、第一次臨調の存在感は薄いものであった。

それから20年後の1981年に発足した第二次臨調の場合は、日本の置かれた環境が厳しくなってきており、官民共に緊張感、危機感が高まり、行革気運が盛り上がっていった。二度の石油ショックは石油や原材料価格の上昇を促し、日本の産業構造改革を迫った。円高とも相まって、製造業はコストダウンのため、生産拠点を海外へ移す動きも出始める。

第二次臨時行政調査会会長などを務めた土光敏夫・元経団連会長

財政状況も悪化していくわけで、政府も身を削る方向に動かざるを得ない状況に追い込まれていた。

土光自身、第二次臨調の会長を引き受ける際、「民間は過去、財政出動のおかげで苦しい時期を乗り切ってきた。その財政が厳しくなった今、民間も行財政改革へ協力し、官民一体で知恵を出し合っていかないといけない」というメッセージを国民におくった。

土光臨調の重要メンバーには瀬島龍三（当時伊藤忠商事会長）、加藤寛（当時慶應義塾大学教授）、そして通産省出身の赤澤璋一（元富士通副会長）らがいた。

とにかく、各界各層から幅広く人材を集めようということで、言論界からは当時日本経済新聞会長の圓城寺次郎が会長代行として臨調入りした。また、牛尾治朗（ウシオ電機社長）、ジャーナリストの屋山太郎（当時時事通信記者）なども臨調メンバーに加わった。

このように、官界、財界、学界、言論界から、多くの有識者が専門委員として集まった。

土光臨調の動きについて小長が語る。

「臨調は第一部会、第二部会、第三部会に分かれていろいろ議論をするわけですが、かなり積極的な議論をしているんですね。それを踏まえて、昭和56年の7月10日に臨調が第一次答申（緊急提言）を出した。それは行財政改革に関する答申ということ。昭和57年度の予算編成で、厚生年金の国庫負担の減額、児童手当ての公費負担の削減、それから小中学校関連で40人学級計画の抑制など、行財政改革に関する第一次答申を出した。それを踏まえて、国家公務員削減計画などについての閣議決定を9月に行おうという段取りになっていった」

国家公務員の削減ということで、行政府の間でも緊迫感が高まっていった。

新しい『国のかたち』の実現へ向けて第三次答申

鈴木内閣はその年の11月、内閣改造に踏み切った。通産大臣には、安倍晋太郎（現安倍晋三首相の実父）が就任した。

臨調としては、翌1982年（昭和57年）の2月10日に『許認可等の整備・合理化』について、第二次答申（許認可提言）を出すという精力的なスケジュール。通産省もそれに沿って作業を進めた。

政府としては、許認可事項355項目の改正、廃止を取りまとめて、行政事務簡素合理化法案を閣議決定して国会に提出。同法案は国会で決議され、1982年（昭和57年）7月23日に公布、施行という段取りとなった。

行革へ向けての作業はこのように、かなりのスピード感をもって推進されていった。

同年7月30日、臨調は第三次答申（基本提言）を出す。

臨調はこの第三次答申で、三公社、国鉄（日本国有鉄道）、電電（日本電信電話公社）、専売（日本専売公社）の分割・民営化と北海道開発庁、沖縄開発庁の統合を提言する。

三つの公社と五現業（アルコール、林業など）の合理化は長年の課題でもあったが、ここへきて一気に改革の素地がつくられた感がある。

「官業の民営化ということで三公社の民営化、そして米、国鉄、健康保険の〝3K赤字〟の解消へ向かって実行していこうと。この基本方針は鈴木内閣の時にできたわけですが、具体的には、中曽根内閣になって、三公社の民営化は実現していった」

長い歴史の中で構築されてきた巨大組織や制度の改革に当たっては、さまざまな動きや思惑も絡まって、大議論となる。

中曽根康弘首相が就任して、「戦後政治の総決算をやる」と政治家としての決意を表明したが、改革推進者にとってはそれだけのエネルギーと覚悟が求められたと言っていい。

小長が所属する通商産業省（現経済産業省）関係でも、高圧ガス関係の規制の廃止や改正、アルコール事業の改革などがある。アルコールは結果的に、新エネルギー・産業技術総合開発機構（ＮＥＤＯ）へ移管することなどが決まった。

官房長の小長は通産行政に精通している通産ＯＢの赤澤璋一に、重点事項を説明し、同時に部会における審議状況について説明を受けるといった按配だった。

人と人とのつながりや人の縁に支えられて

前述のように、臨調が発足したのは１９８１年（昭和56年）３月のこと。同年6月、小長は通産省の官房長に就任。臨調対応の仕事を担当する立場もあって、小長は土光のもとを、挨拶のために訪れた。

小長は「通産省の官房長を務めることになりました小長と申します」と土光に挨拶し、通産省での仕事を一通り説明した。

実は、土光も岡山県出身で郷土の話に自然となっていった。

郷土が同じということに加え、旧制中学は私立関西中学であった。小長も関西中に1年在学したことを告げると、「おっ、僕の後輩だな」という言葉が土光から返ってきた。

普段は〝怒号さん〟と呼ばれる土光も、このときは相好を崩して、場の雰囲気も穏やかなものになった。

土光は関西中学から東京高等工業学校（通称・蔵前高等工業、現東京工業大学）に進み、石川島造船所入社、エンジン生産の道に進んだという経歴。

小長は、関西中学1年のとき、陸軍の将官を養成する難関の陸軍幼年学校を受験、みごと合格。陸軍幼年学校は3年制で全国に6校あり、小長は大阪の幼年学校に進んだ。そして1年半経ったところで1945年（昭和20年）夏、終戦となった。小長は故郷・岡山に帰り、旧制西大寺中学に入り直すという道をたどる。

敗戦直後の混乱の中で、小長は環境変化に戸惑いながら新しい時代を迎えて人生設計に思案するわけだが、このときの〝葛藤〟については後述する。

ともあれ、小長にとって、陸軍幼年学校の厳しい規律の中での鍛錬はその後の人生にも少なからず影響を及ぼした。

関西中学1年の時に、自分の将来を見すえて進路の選択をしたわけで、小長にとっても、関西中学は思い入れのある学校。

臨調で土光を補佐し、名参謀ぶりを発揮した瀬島龍三は旧陸軍の参謀。終戦時、旧ソ連に抑留され、1956年（昭和31年）に帰国。伊藤忠商事で経営手腕を発揮した人物。

小長はキャピトル東急にあった瀬島の事務所をよく訪ね、意見交換を重ねた。

瀬島は戦前、陸軍幼年学校、士官学校、そして陸軍大学を主席で卒業、小長にとっては、瀬島は幼年学校の大先輩になる。

「臨調の関係でいえば、瀬島さんには大局観に基づいて、いろいろな話を聞かせてもらいました」と、小長は当時のやり取りを振り返る。

人と人との出会い、そして人と人のつながりや縁を感じさせる臨調での出来事である。

世界に影響を与えた、日本の「産業政策」

そもそも産業政策とは何か——。日本の産業政策が最大の貿易相手国・米国からやり玉にあげられたのは1980年代。当初、米国の工作機械業界が「日本の工作機械は日本政府によってサポートされている」と米政府に対策を取るよう訴えたのが始まり。その後、米国の半導体工業会が「日本の半導体産業は政府のターゲット政策によって不当に保護されている」と訴えて問題が広がる。背景にあるのは貿易摩擦。現トランプ政権は高関税政策による貿易赤字縮小を図るが、その淵源は80年代に激化した通商摩擦にある。世界秩序が多極化、流動化していく中で、日本の立ち位置をどこに求めるか。また日本再生を図る上で、産業政策をどう捉え直すべきか——。

新しい産業政策の出番のとき

ＡＩ（人工知能）、すべてのモノがインターネットにつながるＩｏＴの登場で世界の産業構造もガラリと変わりつつある。

アマゾン・エフェクトという言葉がよく聞かれるように、ネット通販の伸びの勢いはすごい。既存の流通秩序も大きな影響を受け、玩具のトイザラスは経営破綻に追い込まれ、チェーンストア最大手のウォルマートも対抗上、ネット通販（電子商取引）に注力せざるを得なくなっている。

デジタル革命が産業構造の変革のみならず、個人の生き方・働き方にまで影響を及ぼそうとしている。日本の現状はどうか？　「ＩｏＴの活用で日本は米・中に比べて1周以上遅れているという議論がありますね」

小長は戦後復興期の産業振興から、１９６０年代後半の貿易・資本自由化後の日本の産業政策を担ってきた体験も踏まえ、今こそ、「産業政策の出番ではないかと思う」と語る。

日本産業が世界で存在感を増し、ジャパン・アズ・ナンバーワンを謳歌していた80年代、その80年代以後の道のりを振り返ると——。

１９８５年（昭和60年）のいわゆるプラザ合意で円高時代を迎え、日本の製造業は海外での生産を推進。コストダウンを図り、国際競争力を付けるために、国内工場を海外へ移転させていった。『生産空洞化』と呼ばれ、国内の雇用構造にも大きな影響を与えた。

90年代初めにバブル経済がはじけ、失われた20年に入る。

冷戦終結（1989年＝平成元年）で旧社会主義国の東側が市場経済に一斉に加わり、いわゆるグローバリゼーションが進行。国内はデフレが1998年（平成10年）頃から進み、人口減、少子化・高齢化に拍車がかかり、企業は成長を求めて、グローバル市場に向かった。

時代の変化は激しい。先進国同士の競争はもちろん、新興国の追い上げにどう対応し、日本の立ち位置をどう設定するかという課題を今、抱える。

「そのためにも国内で技術開発、イノベーションをやって、国際的に比較優位の客観的な条件をつくり、それを整備していくとき。そうやって本格的な日本再生につなげていく」と小長。世界が大きく動き、しかも米中2国間で貿易戦争が起き、先行き不透明感が漂う中、日本の新しい仕組みづくりが求められているということだ。

新セブンシスターズの登場と日本の立ち位置

情報を制する者は世界を制する——。ＧＡＦＡ（グーグル、アップル、フェイスブック、アマゾン）と呼ばれるIT（情報技術）プラットフォーマー、それにマイクロソフトを加えた米5社に、中国のアリババ、テンセントの7社は新たな〝セブンシスターズ〟として世界の注目を集める。

検索、ネット通販、あるいはSNS（ソーシャル・ネットワーキング・サービス）など個人間のコミュニケーションなどの基盤事業を担うプラットフォーマー。これら新セブンシスターズ各社の株式市場での評価、つまり時価総額（2018年＝平成30年11月時点）は日本円換算で約70兆円から100兆円という規模。日本企業で時価総額1位のトヨタ自動車は約24兆円だから、それの3倍から4倍という企業価値を持つ。

また、経済のサービス化が進み、『ユニクロ』のファーストリテイリング株式の時価総額が5・2兆円、東京ディズニーリゾートを運営するオリエンタルランドが4・4兆円で、わが国の製造業を代表する日立製作所3・8兆円、東レ1・4兆円のそれを抜くなど、産業構造も変化。

気になるのは政治の動向だ。

米国では2017年（平成29年）初め、米国第一主義のトランプ政権がスタート。戦後世界の秩序づくりに主導権を発揮してきた米国だが、トランプ政権はTPP（環太平洋パートナーシップ協定）からの離脱を表明。NAFTA（北米自由貿易協定）の見直しに入った。

とにかく巨額の貿易赤字（2017年は7962億ドル＝約86兆8000億円）を減らそうと、2018年に入って高関税政策を取り、最大の貿易相手国・中国との間で貿易戦争に突入。

GDP（国内総生産）で1位、2位の米中両国が高関税をかけ合う異様な事態。現状では企業業績はよく、好景気が続く。しかし、先行き不透明感は残る。

一方の中国は広域経済圏構想『一帯一路』を推進、またAIIB（アジアインフラ投資銀行）を設立して、アジア各国への道路、港湾などインフラ整備で存在感を高める。

「イノベーションなり、一般的な技術開発なりをどういう形で進めていくのか。米国とか中国などは結構、軍事技術という名を借りて、そこで新技術がどんどん開発される。国情が違うので、日本はそう簡単に同じやり方はできないが、AIやIoTも元をただせば、そうした領域から民間での応用に移ってきたという要素があります」と小長。

こうしたイノベーションの進化の中で、日本の立ち位置をどう測り、新しい産業構造をどうつくりあげていくか。産業政策はどう関わるべきなのか。

産業政策の本格的な登場はいつ頃からか？

そもそも、『産業政策』という言葉はいつ頃から使われ始めたのか？

戦後25年経った1970年（昭和45年）、八幡製鐵と富士製鐵が合併し、新日本製鐵（現日本製鉄）が誕生する際、合併の是非をめぐって論議が高まった。それに伴い、産業政策問題も論議のテーマになっていったという経緯がある。

経済誌『東洋経済』がその頃、産業政策問題特集号を出したのだが、その表紙にはフランス語で「Politique Industrielle」のヨコ文字が白抜きで大きく掲げられていた。なぜ、フランス語で書かれていたのか？

このことについて、小長が通産事務次官当時に東京大学出版会から刊行された『企業戦略とテクノロジー』（石井威望・長尾高明編）の〝産業政策〟の章では次のように記している。

「つまり、その時点（筆者註、八幡・富士合併問題が論議されていた1969年頃）では、英語のなかにIndustrial Policyという言葉が存在しなかったわけです。言葉がなかったということは、イギリスでは産業政策という観念も問題意識も存在していなかったことを物語っています」

小長はこう振り返り、次のように続ける。

「つまり、産業革命を断行した世界の最先進国イギリスでは、企業は政府の保護や介入を必要としなかったのです。そのうえ、アダム・スミスやリカードが自由市場経済の精密な理論体系を築きあげましたから、イギリスでは、理論的に産業政策という発想が成立する余地がなかったわけです。ただし、例外的に産業政策的措置が存在していたことは事実です。フランスでは、国有化等の政府施策によって企業に対する助成措置がとられていましたから、『産業政策』ということばが使われていたということです」

とにかく、〝新日鐵〟が誕生する頃まで、『産業政策』という言葉は内外で定着していなかった。

当時の経済学者も、「産業政策を論じたヨコ文字の文献は存在していない。産業政策は、理論的学問的研究の対象となっていない。産業政策とは通産省が行っているいろいろな政策の総体というほどの意味であって、学問的対象として正面から取り組むほどのものではない」と述べているほど。

その後、1973年（昭和48年）通産省内には産業政策局ができて、全政策の取りまとめを行う役割を担うのだが、『産業政策』そのものが明確なコンセプトで国際的に意識され始めた経緯を見ると、実に興味深い。

小長が産業政策局長（1982年＝昭和57年10月就任）を経て事務次官に就任した頃は日

米通商摩擦が商品分野だけではなく、日本の産業政策にまで対象が広がり、米国との間で相当激しくやり合っていた時期。

それまで産業政策局は、国内の仕事が中心で、設備投資、景気政策、産業税制、産業金融、競争政策、流通政策、そして消費者行政、サービス産業政策などが所管の業務になっていた。

しかし、欧米、ことに米国は対日貿易で大幅な貿易赤字が増え続けることに苛立ちを強めていた。対日貿易赤字が大きくなっているのは日本がそれこそ官民一体となって米国市場を攻めているからであり、その中核に日本の産業政策がある——という見方をしていた。

そのため、欧米先進国に対しては、産業政策局関係者が自ら各国に出向き、「わが国の産業政策は……」と説明せざるを得ない状況になりつつあった。それだけ日本経済の世界に占める存在感が高まっていたということである。

一方、開発途上国からは、好意的に捉えられていた。

「日本がここまで成長発展してきた背景には、おそらく産業政策という魔法のツエがあって、成果をあげたに違いない」という受け止め方だったと小長は述懐する。

日本に追い付き追い越せ——。韓国、台湾、シンガポールなど当時NICs（Newly Industrializing Countries＝新興工業諸国群）と呼ばれていた国々は、「日本の産業政策を学びたい」という要望を寄せていた。

問題は、米国から突き付けられていた批判に、どう反論・反証していくかであった。問題の発端となったのは二つの事象。一つは1982年（昭和57年）5月、米国のフーダイユという工作機械メーカーが大統領に対して行った請願。

「日本製の工作機械が最近急速に米国市場で伸びてきている。これは、日本政府によってサポートされた不公正なカルテル行為によって競争力が付けられているからだ。これを放置すると、米国の工作機械産業の利益と雇用の減少をもたらし、米国の国防にも悪影響を及ぼす」

フーダイユの請願書はこう訴え、日本製の工作機械を投資税額控除制度の対象から外すよう求めたのである。

日本政府はただちに行動を起こし、同社の主張は重大な事実誤認で事実を曲解していると反論。日本政府の工作機械などへの機械工業振興策は合法かつ正当であることを説明。さらに日本製工作機械が米国でシェアを拡大したのは品質、早い納期、アフターサービスの面で評価されたからだと強調した。

問題の発端の二つ目は、米国の半導体工業会が1983年2月に日本批判のレポートを公表。「日本の半導体産業は政府のターゲット政策によって不当に保護されている。このため、米国の半導体産業はアンフェアな影響を受けている」という批判だ。

いわゆる〝ターゲティング・ポリシー論〟を振りかざしての痛烈な対日批判である。米国の政府、議会、産業界で巻き起こった議論にどう対応していくか。これが当時の通産省の大きな仕事になろうとしていた。

産業の裾野の発展、育成を支えた「産業政策」

ソニーがコロンビア映画（現ソニー・ピクチャーズ）を買収するなど日本企業の存在感が高まった１９８０年代。米国では、日本の産業が躍進している背景には産業政策があると見て、「日本の産業政策をもっと知ろう」という空気が高まる。小長が産業政策局長を務めていた頃のこと。今に続く通商摩擦で当時、対日批判の急先鋒だったのは米商務省と通商代表部（ＵＳＴＲ）だが、対話（日米ダイアローグ）の場も設置。当時与党の共和党（レーガン政権）と違って、民主党は政府の役割を重く見る伝統があり、日本の産業政策を評価していた。日米ダイアローグでは、相互理解を深めようという日米双方の努力の下、対話が始まった。

通商摩擦の解消へ向け、日米ダイアローグを設置

産業政策を巡るダイアローグ（対話）を——。

日米通商摩擦の高まりの中で、対日批判の目玉に産業政策を取りあげようとしてきた米側だが、「米国でも産業政策を勉強しようという考えも出てきて、日米間で産業政策ダイアローグを開こうということになりました」と小長は感慨深げに語る。

時は1982年（昭和57年）、小長は産業政策局長を務めていた。産業政策が、日米間で政治問題化することは両国関係にとっても好ましくない。そこで、両国政府による対話を重ねて、相互理解を深める場をつくろうという考えが具体化した。

米側も単に対日批判を行うのではなく、もっと日本の産業政策を知ろうということになり、対話の場づくりに賛成してきた。そして1983年（昭和58年）2月、山中貞則・通産大臣、USTR（通商代表部）のビル・ブロック代表との会談において、日米間の産業政策定期協議（ダイアローグ）を開くことが合意された。

第1回の会合は同年5月東京で開催。その後7月にワシントン、9月にハワイと会合を重ねていった。

日本側のヘッドは産業政策局長の小長、米側はUSTRの次席代表のミッシェル・スミス

であった。

当時レーガン大統領は1期目で、減税や規制緩和を基本に、供給サイドの経済改革を謳う「レーガノミクス」を掲げて米国再生を図ろうとしていた。

与党の共和党は自由競争・自由市場を理想とする考えが強く、元々、政府の介入は極力減らすべきだという意見が支配的。

これに対し、民主党は政府介入に肯定的。世界恐慌（1929年＝昭和4年）からの脱出を図るため、TVA（テネシー川流域開発会社）をつくり、ダム建設などの公共工事を実行したF・ルーズベルト大統領以来、伝統的に積極的な政府介入政策を採ろうという考えが強い。

米国の対日批判の骨子は、日本企業の対米輸出競争力は産業政策による特定産業に対する助成措置（ターゲティング・ポリシー）によって生まれたということ。つまり、特定産業にターゲットを定めて、減税等の優遇措置を通じて育成強化を図っている、そのようなターゲティング・ポリシーはアンフェア（不公正）であるという主張。

「日本の産業政策は、一方で民間の進める先端技術の開発を支援し、他方で経済合理性を失っている産業の撤退を側面的に支援するものである」

日本側はこう反論し、お互いの議論をぶつけ合った。日米ダイアローグで両国間の通商摩擦が一気に解消されたわけではないが、日本の産業政策への誤解は一部解け、「日米両国の相互理解が進んだ」（小長）ということは言えよう。

軽工業から重化学工業へ　時代の転換期にあって

産業政策という意識はいつ頃から定着していたのか？

八幡製鐵と富士製鐵が合併して新日鐵（現日本製鉄）ができる１９７０年（昭和45年）を前に合併の是非を巡る論議が活発な頃、一般にはまだ国際的に認知されていなかったのは前述した通りである。その当時、「Industrial Policy（産業政策）」という言葉は英語の中にもなかったということも記した。

それが、新日鐵誕生から10余年後には、日米間の『産業政策ダイアローグ』として論議が交わされるようになり、国際的な認知も高まっていった。

通産省は、その前から産業政策という言葉を使っていた。では、それはいつ頃から、使われるようになったのか？

敗戦の廃墟の中から立ち上がるため、商工省（通商産業省の前身）を中心に打ち出したのが、１９４６年（昭和21年）12月に閣議決定された傾斜生産方式。

少ない資源を石炭、鉄鋼の再建・増産に集中し、さらに化学肥料、電力などの重点的な産業に資材を重点配給するなど生産力の増強と、経済好循環の基盤づくりが行われた。

加えて、朝鮮から働きに来ていた人達が引き揚げて深刻な人手不足に陥っていた石炭業に対し、商工省の要請を受けた農林省は、坑内労働者に米6合、家族に3合を配給する方針を発表した。これにより人手不足は解消に向かい、石炭生産が軌道に乗ったといわれている。

このようにして戦後混乱期を乗り切った段階で産業政策は「自由貿易と軽工業化への道」をとるべきか、「保護貿易と重化学工業化への道」をとるべきかという重大な選択に直面。

現実には、わが国は後者の道を選択し、1949年（昭和24年）に発足した通商産業省は次々と重要産業振興策を打ち出した。鉄鋼第一次、第二次合理化計画の実施、自動車産業の保護（関税40％）と乗用車国産化の推進、石油化学工業の育成などである。

小長は「さらに企業合理化促進法が制定されたのが1952年（昭和27年）。この法律に基づいて指定された個別企業に対し、工業技術の研究、工業化試験、試作等に対し助成措置がとられた。また、同じ時期に航空機製造法が制定されている。さらにわたしが通商局経済協力課にいた頃（1956年＝昭和31年4月から）、機械工業振興臨時措置法や電子工業振興臨時措置法が制定され、産業政策は意識されてきたと思います」と語る。

当時、日本はGHQ（連合国軍最高司令官総司令部）の統治から主権を回復して、数年しか経っていない。産業も、繊維や生活雑貨など軽工業品が中心で、付加価値の高い機械や鉄鋼、化学など重化学品にシフトさせていこうという時期。

まだまだ国力は弱かったが、人々は前向きで、上昇志向は強かった。石原慎太郎の小説『太陽の季節』が出版されたのもこの頃（１９５６年＝昭和31年３月）。既成の価値観から外れた行動を取る若者は『太陽族』と呼ばれたりした。

ともかく、社会には活気がみなぎっていた。

機械工業振興臨時措置法は、機械工業を基幹産業と位置付け、金属工作機械、自動車部品等45業種を対象とし、各々合理化計画を定め、日本開発銀行、中小企業金融公庫から特利で設備資金の融資を行う枠組みであった。

自動車などのアセンブリー（組み立て）産業の振興を図るには、まず裾野の部品産業の競争力を付けようという狙い。そして結論的には壮大な中小企業対策でもあった。

日本のモノづくりの強さは、産業の裾野を形成し、各種の部品づくりを担う中堅・中小企業の技術力の強さが基盤となっている。そうした産業の裾野の発展、育成を産業政策が支えてきたとい言っていい。

「最初は弱小企業であったものが、企業の努力と官が支援することで中堅企業になっていくのですが、それぞれの業種ごとに工業会をつくったり、合理化組合を結成したりして競争力を付けていく。そうしたことが機械工業全体の競争力強化につながる。その要素には基礎機械（工作機械、金型等）、共通部品（歯車、ねじ、ベアリング等）、特定部品（自動車部品、ミシン部品、時計部品等）があった。その辺りから、産業政策の存在意義が認識されてきたと思うんです」

小長はこう産業政策の歴史を振り返る。いずれにせよ、産業政策は国内産業の競争力強化、延いては国力増強を支えたという思い。そうしたことを一つひとつ積み重ねていくのが、通産官僚としての生き甲斐であり、自負でもあった。

70年代前後で産業政策の中身は違う

もっとも、産業政策も時代や世の中の変化に伴って変わっていく。

世界の貿易を自由で公正なものにしていくための国際的取り決めであるＧＡＴＴ（関税及び貿易に関する一般協定）に、日本は１９５５年（昭和30年）に参加する。

ＧＡＴＴは、自由、無差別、多角の３原則に依拠して自由貿易を実現しようというもの。１９９５年（平成7年）にＷＴＯ（世界貿易機関）が設立されるまで、自由貿易推進にＧＡＴＴが果たした役割は大きい。このＧＡＴＴへの参加、１９６４年（昭和39年）、ＯＥＣＤに加盟し、ＩＭＦ（国際通貨基金）８条国となる前後の産業政策について小長は次のように語る。

「それまでは、先進諸国に追いつくために幼稚産業の育成、基幹産業の国際競争力強化、秩序ある輸出の拡大、外貨導入の適正化等の名分があった。例えばコンピューター産業について、当初はＩＢＭなど外資勢力がelephant（巨象）なら、日本のメーカーはさながらmosquito（蚊）で力はケタ外れに弱い。基本的な特許を米国から持ってこようというときに、mosquitoの個別企業がelephantに交渉するだけの力がない。そういうときは通産省が成り代わって交渉する。その結果、ＩＢＭは特許を日本の企業に渡す。その代わり、日本政府も外資法に基づいてＩＢＭ日本法人の設立を認めるというわけです」

こうした交渉を電子工業課の平松守彦課長補佐がＩＢＭの米国人副社長と丁々発止とやり合い、話をまとめあげたのは先述した通りである。

このようにして、わが国経済は重化学工業化に向かって快走した。１９６０年代に始まる貿易自由化に対しては、貿易為替自由化計画大綱を作成し、国際競争力の高まった産業から順次、輸入を自由化していった。自動車については１９６５年（昭和40年）、コンピューターは１９７０年（昭和45年）に自由化された。

資本自由化は、ＯＥＣＤに加盟し「資本取引の自由化に関する規約」に加入したのは１９６４年（昭和39年）であったが、具体的には５段階に分けて進められた（１９６７年７月～１９７３年５月）。

城山三郎の『官僚たちの夏』で有名となった特定産業振興臨時措置法案は、特定産業を資本自由化に耐えうる産業にしていくための対策であったことは事実。法律の枠組みも機械工業振興臨時措置法とは異なっていた。

しかし、小長が産業政策局長を務めていた80年代前半になると、同じ産業政策といっても、すっかり中身は変わっていた。

日米間での産業政策ダイアローグでは、そのことが論点のポイントであり、日本側はターゲティング・ポリシーとは全く異なるものという主張を強く行ったのである。

「通産省は、時系列的に三つのビジョンを持ちました。60年代が重化学工業化。60年代後半から新しいビジョンの検討が始まりました。この頃から天谷直弘さん（後の通商産業審議官、電通総研社長）などの活躍が世間の注目を浴び、通産省は〝アイデア官庁〟と言われるようになりました。70年代が知識集約化、80年代は創造的知識集約化。いずれも当時の産業構造審議会で学識経験者、産業界の代表、もちろん役所も入って、十分議論した上でビジョンの方向付けをしていったのです」

70年代の知識集約化では電子工業、機械工業の成長を促し、内陸立地の工業分野、発展を図った。いわゆるテクノポリス構想もこの頃である。

80年代の創造的知識集約化では、エレクトロニクス、新素材、バイオなどの発展が対象となった。

森繁久彌の『シンプルが最も美しい』という言葉に……

1982年（昭和57年）10月から1984年6月まで、小長は通商産業省（現・経済産業省）の産業政策局長を務める。同省の政策立案の要となる局のトップとして、国の針路をどう取っていくか。それは通商や経済という領域に留まらず、歴史や文化、習慣なども包括する全体観が要求される。そうした中、小長は演劇人・俳優であり、抒情歌『知床旅情』の作詞・作曲で有名な森繁久彌と対談。国民的歌謡にまでなった『知床旅情』の誕生秘話、そして当時、演劇界のロングランとして話題を呼んだ『屋根の上のヴァイオリン弾き』がなぜ、日本でこれほど受け入れられたのか。演劇人と官僚との異色の対談から見えてくるものとは——。

ミュージカル『屋根の上の……』が日本で受けた理由

日米通商摩擦の解決や中長期的には自由貿易体制づくりなど国と国の関係づくり、そして国内の産業構造をどう高度化し、質的に向上させていくかという課題を背負っている時に、小長は通産省の産業政策局長に就任する。

そういう時に、小長は『通産ジャーナル』誌上で、同時代に演劇の舞台や映画、テレビで大活躍していた森繁久彌と対談。

『通産ジャーナル』は、通産省の政策を産業界はもとより、国民にも幅広く知ってもらおうと月刊で発行されている雑誌。通常は、政策立案者や関係する産業人、そして学界などの有識者が執筆したりして登場するのだが、1983年（昭和58年）9月号には、森繁久彌と小長との異色対談が掲載された。

国民的人気を博し、日本アカデミー賞の優秀主演男優賞、ブルーリボン賞など、数々の表彰を受けた森繁。いわば演劇、映画、テレビ界の大御所が登場し、自らの演劇観や人生観を交えて語っており、話題を呼んだ。

森繁が主演したミュージカル『屋根の上のヴァイオリン弾き』は1967年（昭和42年）の初演から900回のロングランで、観客動員数165万人を数えた。対談は、この話題から始まる。

前年10月末までに707回の公演が行われ、それまでに125万人の観客を動員したという数字を基に小長が質問し、森繁の演劇に対する想いを引き出していく。その対談を再録すると――。

小長　一枚の切符の入手も困難を極めたということですが、どちらかというとバタ臭いはずのこの芝居が、これほど日本でヒットした理由はどの辺にあるとお考えですか。

森繁　その話をすると長くなるのでかいつまんで申し上げますが、今まで日本人が外国のものをやると、『赤毛物』と言われる通り、赤いカツラを被ったり、また台詞もこんな不思議な日本語が世の中にあるかというような未消化な翻訳調のものでした。ですから、私がこの芝居をやることに決まった時に、まず日本人にとって意味の不透明なところ、あるいは非常にバタ臭い表現を一切なくそうではないかと思った。そういうことで、長い年月をかけてぽつぽつとあの作品を日本人向けに持ってきたのです。

内容的に言うと、革命前夜のロシアを舞台にした話ですから、外国の話には違いないけど、実はこれは私の家のお隣にもあるような話です。流浪の民と言うか、祖国を持たないユダヤ人たちが〝しきたり（トラディション）〟を重んじて、小さな部落の中で秩序を持って生きている。

そして、主人公には５人の娘がいるんですが、この設定が面白いんですね。金持ちの肉屋の後妻にいくことになっている長女が「実は私には恋人がいる」と言い出して大騒動になる。初めは怒っていた親も結局は許すんですが、これは徳川から明治にかけての日本のしきたりと同じです。

ついで、次女は、その家の居候だった急進的な青年と恋に落ちて、「彼がシベリアに送られて牢屋に入れられているので、私も彼の後を追っていきたい」と言って家を出て行く。左翼青年と恋をしてというのも日本によくありますね。そして、三女はロシア人、つまり外国人と恋に落ちる。これには親も烈火のごとく怒って、最後まで許さないのですが、最後の最後でちらっと許すところをみせる。これも日本でよくある話です。

ちょうどその頃に退去命令を受けて、住み慣れた故郷を後に出ていくところでお終いなんですが、ごくありきたりな物語であったために、非常にわかりやすかったのではないかと思います。

ロシア革命（１９１７年＝大正６年）前夜の厳しい環境下に置かれたユダヤ人一家の生き方、家族内での父と娘たちの葛藤が描かれる『屋根の上のヴァイオリン弾き』。

小長は森繁が演じた父・テヴィエについて触れ、その父親像が「父親の再評価を促した、それが時代にマッチしたのだという考え方もあるようですが」と水を向けると、森繁は、「さあ、それもありましょうか」と謙遜しながらも、「若い人たちがたくさん観に来てくれましたし、『私はお父さんを粗末にしていた。この芝居を観て考えを改めた』という手紙も山のようにきています。ただ、妙な人がいまして、これは世直し劇だなんて言うのですが、別に世直し劇でもなんでもないんですがね（笑）」

アイザック・スターンにも激賞されて……

この芝居の初演時は大学で学園紛争が起きていた頃と重なる。戦前からの家族制度も時代と共に移り変わり、既成の権威が壊され、父親像も変化してきていた。この劇に多くの観客が詰めかけたのも、時代の変化を若い人たちも共有していたということであろう。

小長　これは随想にもお書きになっていますが、高名なヴァイオリニストのアイザック・スターン氏が「あなたはユダヤ人ではないのか。あれだけの表現ができるのは、ユダヤ人の血が流れているからではないか」と言ったそうですね。つまり、それほど迫真の演技をなさった。

森繁　いや、自分ではそう思っていませんけれど、あの人は、私が「私は日本人だ」といっても、「ユダヤ人だ」と言ってきませんでしたね。「日本人なら、どうしてこれだけ私たちユダヤ人の気持ちがわかるのか」と。それは、「あなた方のトラディションと日本のトラディションが似ているからだ」と言ったのですが、最後まで「やっぱりあなたはユダヤ人だ」と言っていました。

音楽界の巨匠、アイザック・スターンをして、「あなたはユダヤ人ではないのか」と言わせるぐらいの森繁の迫真の演技であったということである。

シンプルなことが一番美しい、一番難しい

森繁は1913年（大正2年）5月生まれ。この時（1983年＝昭和58年夏）は70歳。演劇界というより、映画、テレビ、歌謡界の大御所である森繁が稽古に打ち込み、その度に「常に新しい発見をする」という喜びを語っている。

このミュージカル『屋根の上の…』は米国の著名な演出家、サミー・ベースが演出を担当。日本での最初の公演時と15年後とは演出が違ったというエピソードにも興味深いものがあるので、それを紹介する。

小長　今回の公演の初日に森繁さんが挨拶をされるのをテレビで拝見したのですが、森繁さんは「今度はサミー・ベースさんが新しい角度で全部やり直した。新しい装いで出てきたので、過去の『ヴァイオリン弾き』を捨ててみてください」という趣旨のことをおっしゃっていました。これはどういう意味ですか。

森繁　彼が15年前に初めて演出にきました時には、彼の立場もまだ確固たるものではありませんでした。このミュージカルをアメリカで演出したジェローム・ロビンスというアメリカの大物が言ったとおり教えるわけです。

われわれが日本人の事情を説明しても、「それはだめだ。こうやれ」とやかましく言う。それが15年後には一人前になってきたわけです。著名な演出家としてノミネートされるぐらい、彼も地位が固まってきた。

小長　日本の事情も勉強したのでしょうか。

森繁　それもいくらかあるのでしょうが、柔軟な姿勢になって、日本の大衆にアピールしようとした。しかも、この作品を壊させないために、ここをこうしたらいい、ああしたらいいとか、かつてのようなコピーではなく、彼のなかで熟していった演出をしてくれた。その話をしたのです。

小長　サミー・ベースさんは、「シンプルなことが一番美しい。そして一番難しい」といわれたそうですが、このシンプルというのはどういうことなんでしょうかね。

森繁　もう亡くなりましたが、有名な指揮者のフルトベングラーが書いた『音楽ノート』のなかに、「もっとも単純なことは最も難しいことだ」という一行が出てきます。

彼もそういうことを言ったのではないでしょうか。フルトベングラーは、それ以外にも「感動というものはお前自身のなかにあるものではない。その日、その時、お前と客席との間に起こったものを感動という」とか、非常にいいことを書いているんですね。

この後、森繁はアイザック・スターンと飲んだ時に、「あなたはどのように舞台にお立ちになるのか」と聞いたところ、「シンプル」という答えが返ってきたという。舞台に立った時は、シンプルでなければ観客には伝わらない――これがアイザック・スターンの言葉。その道を究めた人同士で、『シンプル』という言葉に含まれる物事の本質を共有しているエピソードだ。

開拓する気持ちで仕事に挑戦し続けてきた

森繁は、常に、開拓する気持ちで仕事に挑戦し続けてきたと、次のように述べる。

「人間には、人を嫌う、泣く、慙愧、悔恨、嫉妬などというろんな感情がありますね。瞬間的に感情の針を振幅させる――、人間は生きているのですから、それは非常にいいんですよ。でもできるだけ早く洗い去り、前を向いて、流れに向かって、『時間よ、こい』という姿勢がなければ人間は伸びっこない。また、そうしないと、ストレスがたまって健康になれないと思いますね」

北海道・知床を舞台にした映画『地の涯に生きるもの』（1960年＝昭和35年、東宝）は、オホーツクの海に面した知床で、猫だけを相手に一冬を過ごす男の生き様を描いた作品。

冬期と夏期にわたって半年以上かかった映画制作に、村の人もエキストラで全員参加。大変お世話になったということで、森繁が2日かけてこしらえた歌を村の人と一緒に歌おうと取り出したのが『知床旅情』。

『知床の岬にハマナスの咲く頃…』で始まる『知床旅情』は、NHK網走放送局がこの歌を最初に流し、それが札幌で人気を呼び、そして瞬く間に国民歌謡となった。今も広く、多くの人に親しまれる抒情歌だ。

『知床旅情』は映画ロケ関係者のことを歌った歌で、森繁は別に『オホーツクの舟唄』をつくった。『オホーツクの海原にただ白く凍て果て…』という歌詞だが、対談の最後に、森繁は自ら口ずさんでくれたという。

「対談場所は霞ヶ関の通産省の一室でしたが、部屋中に抒情が広がって、いい雰囲気でした」と小長はその時のことを述懐。

２００９年（平成21年）11月、森繁は96歳の生涯を閉じたが、天命とでもいうべき役者の道に打ち込んだ一生であった。挑戦し続ける人の姿は感動的で美しい。

第四章

世界の中の日本

技術革新を通産省の「一丁目一番地政策」に

貿易摩擦問題に、貿易黒字国家・日本はどう対応していくか——。小長が産業政策局長、そして事務次官を務めた1982年（昭和57年）から1986年は、日本の産業政策の真価が問われた時期。1985年のプラザ合意で円は切り上げられ、国内の産業界は生産拠点を海外に移転させるなど、産業空洞化が進行。国際競争力をいかに付けるかという中、事業再編や合併を円滑に進めるための公取委と通産省の協議をルール化するための『山中六原則』づくり。世界が激変する中、小長は事務次官時代、通産省の『一丁目一番地政策』として、技術革新、今で言うイノベーション政策を打ち上げた。

『山中六原則』で新しい産業政策の姿勢を示す

「産構法（特定産業構造改善臨時措置法）では、いろいろ工夫をし、知恵を出し合いました。例えば、雇用への影響の緩和については、一つは設備廃棄によって企業の規模を縮小するというのが入るわけですね。縮小すると、雇用がそこで失われるということになる。それをどこでどう吸収していくのかということも大事。いきなり人員整理などをしないようにしていこうということでの緩和措置ですね」

小長が産業政策局長を務めたときの通産大臣は山中貞則。長い間、自由民主党の税調（税制調査会）会長を務める実力者。中曽根康弘内閣の重鎮で、このとき通産大臣として、日本の産業構造改善に意欲を燃やしていた。

産構法に構造改革の方向性とやり方が示され、小長の説明にあるように、政府も方策を立てながら、民間にも自助努力を促す中身であった。

通称、『山中六原則』といわれる政策の1番目は、『縮小と活性化に向けた積極的な産業調整』。2番目が『雇用と地域経済への影響緩和』、3番目が『過剰設備の処理、事業提携、活性化投資等への総合的な対策の実施』、4番目が『民間の自主性の尊重』で産業界の自助努力を最大限に発揮してもらう、5番目が『競争政策の重視と開放経済体制の堅持』、6番目が『対策の時限性』で構成。

山中六原則は、政策立案の基本姿勢を示すものとなった。

こうした原則が打ち出される背景には、政策が出るたびに産業界には「官僚統制になるのではないか」と危惧する声があったからである。

「それはそういうことではないと。しかも業種も一方的に指定するのではなくて、その候補業種はそれぞれの業界からの申し入れによって決めていくというようなステップを踏む形にしたんです。それから独禁法との関係がありました」と、小長は次のように語る。

「独禁法との関係で、競争促進と言いながら、何か通産省がこういう形でがんじがらめにしてしまうと、競争促進にならないのではないかというような反対論もあったわけです。それに対して、山中六原則を出すことによって、そんな一方的な官僚統制、競争制限というようなことではない。新しい考え方だということを内外に鮮明にしたと」

経済がグローバル化する中、日本企業の国際競争力をどう付けていくかという観点からも、独禁法との絡みで産業政策のあり方を今一度、総点検しておく必要があった。その時、小長が産業政策局長当時の通産省（現経済産業省）はどう動いたか。

「山中六原則では、法律上は独禁法上の適用除外ということではなくて、新しい調整の枠組みを作っていくということです。公取委と通産省との話し合いによって、一つの基準を作る。その基準に合致したものは認めていくような独禁当局と通産省との新しい調整の枠組みですね」

従来は、申請のあった共同行為、事業再編・集約を認可する場合、独禁法上の適用除外にするとか、ある事業領域では独禁法の適用なしにするということで、独禁法を排除するような感じでやっていた。新しい考え方では、事業の集約や提携については、通産省と公取委で話し合い、一つの基準をつくる。その基準に合致している申請に対し、通産省が公取委に相談し、公取委もそれを認めるというような新しい協議の仕組みを作りあげたということだ。

事務次官に就任して「新しい挑戦」を

1984年(昭和59年)6月、小長は小此木彦三郎・通産大臣から事務方のトップである事務次官を任命された。杉山和男・前次官からのバトンタッチだ。

『ハイテク・ハイタッチ・ハイキャッチ』——。小長の好きな言葉である。

『ハイテク』というのは文字通り、技術革新を指す。当時、コンピューターや通信技術の進展から高度情報社会を迎え、すべてのモノが情報化されていく中で、政府も技術革新をどんどん進めていこうと動いた。

『ハイタッチ』というのは、量から質へとか、ハードからソフトへということが言われている中で、求められるのは、「人と人との人間的な接触、心の触れ合い」だということ。『ハイキャッチ』は、常にアンテナを高くして、時代のニーズの先取りを行うということ。「各方面との情報交換を積み重ねることによって、足元の政策対応についても誤りなきを期したい」という小長の思いを分かりやすく伝える『ハイテク・ハイタッチ・ハイキャッチ』だ。

その頃、経済のソフト化・サービス化が言われ始めていた。

例えば、東京ディズニーランドが開業したのは１９８３年（昭和58年）のこと。「今までにない新しいテーマパークをつくる」という現会長・加賀見俊夫ら関係者の開拓精神。今や年間３千万人以上の入場者数を誇るテーマパークとして人々に愛され続けている。

一方で、コンピューター化、デジタル化が進行する中で、機械が人の仕事を奪うのではないか、ハイテク（最先端技術）に人が振り回されるのではないか——といった懸念や不安が持たれ始めた頃である。

そうした時代の転換期にあって、小長は『ハイテク・ハイタッチ・ハイキャッチ』という言葉の中に、「人と人の触れ合い、心の触れ合いが大切」というメッセージを込めたのである。

プラザ合意後の円高対策に産業界も大わらわ

１９８５年（昭和60年）は、米国が膨大な貿易収支の赤字を是正しようと、過度なドル高を修正すべく働きかけ、ニューヨークのプラザホテルで先進5カ国蔵相・中央銀行総裁会議を開催、ドル安へ向けて為替調整に持ち込んだ。世に言うプラザ合意だ。

プラザ合意の後、1ドル＝２４０円だった為替相場は一気にドル安・円高が進んだ。

2年後には1ドル＝１２０円台と円は2倍になり、今度は日本が円高で苦しむことになった。通貨価値が高くなること、つまり、通貨が強くなること自体は国力が高まるという意味でいいこと。しかし、それが余りにも短期間に上昇すると、輸出事業にはマイナスとして跳ね返り、痛みも大きい。

当時、製造業の中で、海外に生産拠点を移す動きが出て、日本から工場が逃げ出すとして、〝産業空洞化〟という言葉まで飛び出してきていた。

基軸通貨のドルが金本位制から離脱し、円が切り上げられた１９７１年（昭和46年）8月のニクソン・ショックから14年経って、また円は大幅に切り上げられるという歴史的な出来事であった。

『一丁目一番地政策』に技術革新を据えて

「わたしたちは歴史的転換期とでも言うような、大きな変革の時代に直面している」――。

プラザ合意がなされる約半年前の1985年（昭和60年）2月22日、通産事務次官の小長は日本工業倶楽部産業講演会で『通商産業政策の展望と課題』と題して講演。この中で、通産省は技術開発の問題を「一丁目一番地政策」として掲げていく基本方針を語った。

小長はこの講演の中で、五つのポイントを挙げた。

第一は、『技術革新の胎動』。小長は、過去の技術革新の歴史を紐解きながら、時代認識とこれからの技術革新の展望を次のように語る。

「50年から60年周期で、大きな技術革新のうねりがございます。例えば、18世紀末から19世紀初頭にかけての紡績機械、蒸気機関、19世紀後半から末にかけましての内燃機関といったものが、技術革新の先導役を果たしたわけです。20世紀に入ってからは、30年代、50年代辺りで、テレビジョン、農薬、ペニシリンといったものが時代の先導的な役割を果たしました。こういう周期からして、1980年代は21世紀に向けての技術革新の胎動期ではないかと思うわけですが、その中で先導的役割を担っているのが、エレクトロニクス、新素材、バイオテクノロジーなどであります」

小長は新しい技術革新の中核に、エレクトロニクス、新素材、バイオテクノロジーなどを具体的に挙げ、通産省はこれを産業政策の中で「一丁目一番地政策」と位置付けていると力説する。

五つの変化要因の第二は、『高度情報化社会への動き』である。第一次産業革命は人間の肉体的な能力を機械が代替。現在進みつつある情報化革命は、人間の頭脳活動の一部。機械が代替しようとするものという認識をし、これからは「顧客のニーズを迅速に把握して、それに対応した商品供給が大事」と販売のポイントを語っていた。

第三は、『就業構造の変化』。経済のソフト化、サービス化の流れの中でソフトウェアなどの情報関連サービスや広告、リースなどの関連分野での就業が増えると予測。この時点で既に、労働力の高齢化に触れていることが注目される。

第四は、『国民の価値観の多様化』。〝人生80年時代〟が言われているのに、まだ〝人生50年時代〟の働き方、生き方の〝システム〟が根を張っていると指摘。

第五は、『日本の国際社会における役割の増大』。GNPで自由世界の経済の1割を占める国家としての役割と責任を肝に銘じて、国際社会において具体的な行動で対処していく必要があると、小長は訴える。

イノベーションが進む中、自分たちの足腰を強くすると同時に、各界各層の知恵を集結し、内外の頭脳を活用しようとする産業政策論である。

イノベーションで日本の新しい国づくりを

通商産業省（現・経済産業省）の『一丁目一番地』政策として打ち上げられた技術革新、今でいうイノベーション政策。小長は同省の事務次官を1984年（昭和59年）6月から1986年6月まで務めるが、この間に円高は進み、1985年のプラザ合意で円の切り上げとなり、円高ショックが日本を襲う。産業界はコストダウンのため、生産拠点の海外移転を余儀なくされ、いわゆる産業空洞化も進行。グローバル化の中で、日本の産業構造を洗い直し、どうイノベーションを進めていくか。戦後40年が経ち、戦後体制が内外できしみ始め、政治や経済面でも変革の兆しが現れる中での日本のイノベーション政策の構築である。

なぜ、イノベーションなのか？

「今は歴史的転換期。大きな変革期の時代にあって、技術革新を進めていかなくてはなりません」――。

通産事務次官として、小長は技術革新を『一丁目一番地』政策として掲げた。この基本方針を1985年（昭和60年）2月22日、東京・丸の内の日本工業倶楽部で小長が講演した際、明らかにしたことは前回触れた。

日本も戦後40年が経ち、また国際的にも80年代の折り返し点を迎え、内外の政治・経済体制は変革の兆しが現れていた。

同年3月、ソ連（ソビエト連邦共和国）ではソ連共産党のコンスタンティン・チェルネンコ書記長が死去。その後任にミハイル・ゴルバチョフが新書記長に選ばれた。ゴルバチョフは、経済体制はそのままにして、政治の民主化改革を進めた。いわゆるペレストロイカ政策である。

同年9月には、G5（先進5カ国蔵相・中央銀行総裁会議）が米ニューヨークのプラザホテルで開かれ、5カ国によって主要通貨の為替レートの調整が話し合われた。

この結果、円は対ドルで1ドル＝240円だったのが、同年末には200円まで上昇。ほどなく対ドルで2倍の切り上げになるなど、急激な円高が短期間に進んだ。

通貨としての円の価値が上がること自体は、日本経済の体力が強くなることであるが、短期間に円が高騰することは輸出産業にマイナスに跳ね返り、その分打撃も大きい。

その意味で、小長は『歴史的転換期』という言葉を使い、厳しい環境下だが、新しい時代を拓こうと訴えたのである。

もちろん、日本の産業界、ことに製造業も手をこまねいているわけではなかった。

例えば、精密機械業界ではミノルタ（現・コニカミノルタ）が一眼レフカメラ『α7000』を発売。自動焦点（オートフォーカス）という技術力の高さで消費者の話題をさらうなど、産業人の士気は高かった。

イノベーション（技術革新）が新しい需要を生み出す——。

小長は、18世紀末からの産業革命以来の歴史を紐解きながら、イノベーションの重要性を訴え続けた。

対日報復決議案の可決などにどう対処するか

小長は、事務次官に就任してから10カ月余が経つ1985年（昭和60年）4月23日、通産省の中長期的政策について、証券界の首脳が集う日本証券経済倶楽部で講演。同倶楽部レポート〈同年5月発行〉も参考にしながら、講演の骨子を追うと――。

折しも、米国では対日貿易赤字を理由に日本非難が高まり、米議会も対日報復決議案を可決するなど、日米間に緊張感が高まっている時期。

1984年（昭和59年）の米国の貿易収支が1233億ドルの赤字となり、このうち対日赤字は368億ドル、前年に比べて約70％の増加――ということに米国の苛立ちが募ってきていた。

この米国の苛立ちは、日本の市場開放が不徹底であるという米国側の受け止めから来ている。いわゆるパーセプション・ギャップ（認識のズレ）である。

米国は『アンフェア（不公正）』という言葉を使って対日批判を繰り広げる。

「特に議会において、日本がアンフェアだ、ルールを逸脱したようなことをしているのではないか、という議論が沸騰。ダンフォース上院議員などは日本人に会うのも嫌だと」

米有力議員に、日本の知米派の有識者が面会を申し込んだところ、「いかなる理由でも日本人と会うのは嫌だ」という返答だったという話も伝わっていた。

このパーセプション・ギャップをどう解消していくかも通商摩擦解決の重要課題。

そして、当時の米国の名だたるワールド・エンタープライズ、例えば、ウェスチングハウスやコーニンググラスなどがドル高の影響もあり、第三国市場で日本企業に敗れるケースが増加。

米国市場でも、これら有力な米企業が日本企業に敗れる事例が増えていた。

このことについて、小長は、「従来、ワールド・エンタープライズは、どちらかというと自由貿易を守る旗手、あるいは自由貿易の実践者という風に位置づけされていました。その彼らが自由貿易を守るよりは、むしろ保護主義に加担した方が企業利益に合致するという考えに変わりつつあるのではないかということです」と語っている。

当時の日米摩擦の背景に、①米国の対日貿易赤字、②日本の市場開放の不徹底、③日本はアンフェアという米側の受け止め方、④米有力企業が内外で日本企業との競争で敗北——という四つの要因があるという米側の認識である。

三十余年後の今、通商摩擦の要因が似通っていることに驚く。

中曽根康弘首相は対外政策推進本部設置の挨拶の中で、市場開放について、「原則自由、例外制限で臨む。農産物といえども聖域ではない」という方針を表明。

そして、摩擦解消の一環として日本は製品輸入の促進、そして緊急輸入的な対応も実施。1億2千万人の国民1人が100ドルの外国製品を買えば、120億ドルの貿易収支改善につながる——ということも喧伝された。

もっと根本的には、内需の持続的成長をどう図るか、そのための具体的な政策とは何かということ。

その頃、日本電信電話公社や日本専売公社の民営化（1985年＝昭和60年）が実行され、2年後には国鉄民営化を控えるなど、三公社（電電、国鉄、専売）の民営化が臨調答申を受けて、続々と実行されていた時期。

「この点に関しては、中曽根政権が強い姿勢で臨んでいる財政再建路線が一方にあり、他方においては、最近のドル高の下で例えば公定歩合を下げると、一層ドル高を招くということで、財政政策、金融政策ともに制約があるわけです。その中で、具体的に何をしていくか。規制緩和を思い切って断行し、民間資金活用型の事業の発掘といったことに力を入れていくべきだと」

外に通商摩擦、内に財政再建と経済活性化の両立という難題を抱える中、国力を高めるには規制改革による民間活力の発揮が大事という道筋を小長は表明している。

自由貿易体制を推進し続けてこそ

大事なことは、いつでも、いかなる環境下でも、冷静になってリーズナブルな行動に徹していくこと。

この時も、「米議会の感情的な怒りとでもいうような盛り上がりを何とか抑え込むことにまず全力投球して、少し向こうがクールになったところで、中長期的に貿易収支の改善ができるような方向での議論を積み上げていく必要があると」と小長は述べている。

日本の針路をつくる上で、持つべき基本軸とは何か？

「基本的に重要なことは、世界の自由貿易体制の最大の受益者は過去、現在、未来を通じて日本であるということです。その自由貿易体制は米国の力なくして守れないという状況がある。保護主義的な状況になっても、米国は国の存在が脅かされるようなことはない。最も困るのは日本だということを念頭に置くと、この際は米国側の言い分に譲歩してでも、向こうの怒りを鎮め、自由貿易体制を維持・存続できるような方向に局面打開を図っていくことが重要ではないかと考えている」

技術開発大国を目指す理由

小長は、日本が地に足の着いた国力の向上、産業競争力の強化のために、通産省の一丁目一番地政策として、技術開発問題と情報化政策問題について、次のように訴えた。

「日本は過去40年間、外国からの導入技術をもとにして、技術の進歩を遂げてきたわけですが、これからは自らの力によって技術開発をしていく必要があります。そこで私どもは自主技術開発、特に基礎研究、応用研究の分野における技術開発に最重点を置いた政策を考えており、この10月に基盤技術研究促進センターという特別認可法人が設立されることになっています」

初年度160億円規模でスタート。産業投資特別会計から100億円、日本開発銀行出資が30億円、民間からも30億円の出資をあおぐという当時とすれば大変な資産規模だ。民間の基礎研究、応用研究に対してリスクマネーを供給するというのが、この基盤技術研究促進センター設立の狙いである。先に触れた通り、1980年代は21世紀へ向けての技術革新の胎動期と位置付けられ、その中で先導的役割を担っているのがエレクトロニクス、新素材、バイオテクノロジーなどとされた。

この基盤技術研究促進センターの設置と併せて、技術革新を促進させるために、税制面での支援も取りいれた。

具体的には、基礎技術研究費については、「増加分について20％の税額控除を認めることに加えて、研究の根っ子から対象にして7％税額控除する」というもので、先端技術関連の企業にとっては大変有効な政策になったと言っていい。

研究促進センター設置と税制面での優遇措置という政策が技術革新、つまりイノベーション推進関連の施策である。

先述の電電民営化（1985年＝昭和60年）は、電気通信事業の自由化ということで、社会の情報化、生活の情報化を推進した。

一方、ソフトウェア・クライシスがいわれ、1990年（平成2年）の段階でソフトウェア関連の技術者が約60万人不足するという推計もなされていた。これに関連し、通産省はソフトウェア生産の工業化の実現と合わせて、ソフトウェア関連の技術者不足にも対応していこうと努めた。

また、この情報化施策には、相互運用基盤の確保という課題もあった。

コンピューターのメーカーが違うと、他のメーカーのソフトウェアが使えないとか、周辺機器もメーカーが違うとコンピューター本体に接続できないという不具合。これではユーザーに不便を強いることになる。

そこで、「メーカー間の機器の融通、あるいはソフトウェアの融通が円滑にできるようなスキームを具体的に考えていきたい」と小長は語っている。

共通の情報インフラ基盤づくりを進めるという考えには、次のような小長の思いがあった。

「日本が技術開発を通じて新しい産業を起こし、新しい産業構造への挑戦を続けていく。在来産業、在来技術のある部分については、これを発展途上国なり、あるいは先進諸国なりに技術移転することによって、新しい形の国際水平分業の産業構造を構築していく必要があるのではないかと。そうなれば、何から何まで日本でつくっており、従って製品輸入するものがないという悩みからも開放されるわけですし、世界の孤児にならず、国際的に日本が存立できる基盤が安定的に確保されるのではないか。そういう意味合いからも、技術開発には常に力を入れていく必要があると考えている」

挑戦し続けることが、日本の進路を切り拓くことにつながる。

『世界の中の日本』 使命と役割とは何か？

世界の中の日本を考える——。戦後40年が経ち、国際間の相互依存関係がますます強まる中、同時に産業・貿易面で摩擦も激しくなっていた1985年（昭和60年）。当時、通産事務次官の小長は世界の中の日本の役割と貢献のあり方を探ろうと、『世界の中の日本を考える懇談会』（座長＝村上泰亮・東京大学教授）を設置。グローバル世界は単に経済領域のみならず、政治、社会、文化を含む幅広い領域で流動化、多極化し始めているという問題意識が背景にあった。戦後、米国中心の国際政治・経済体制の中で、世界第二位の経済大国となった日本の使命と役割とは何か。その立ち位置をしっかり検証しようという狙いだ。

内外の知恵を活用して日本の新しい針路を

『世界の中の日本』――。これはいつの時代にも重くのしかかるテーマ。世界の中で日本が果たすべき役割とは何か。また、国際社会にどう貢献していくべきかという問題意識をもって、通商産業省（現・経済産業省）内に設置されたのが『世界の中の日本を考える懇談会』。時は1985年（昭和60年）9月のこと。座長には当時、国際関係をも視座に入れていた経済学の泰斗、村上泰亮・東京大学教授が就任。座長代理には、経済企画庁（現・内閣府）出身で経済分析の第一人者のエコノミスト、香西泰（当時、東京工業大学教授）が就いた。

懇談会のメンバーは経済人だけでなく、社会、文化、そして国際関係、さらには民間人と幅広い領域の人材を招集。メンバー26人のうち、10人は外国人ということでも話題を呼び、審議の行方が注目された。

小林陽太郎（富士ゼロックス社長、後の経済同友会代表幹事）、阿木燿子（作詞家）といった民間人に、村上陽一郎（東京大学教授＝科学史、科学哲学）、猪木武徳（大阪大学教授＝労働経済）、伊丹敬之（一橋大学教授＝経営学）、伊藤元重（東京大学助教授＝国際金融、国際貿易）といった新進気鋭の学者が集結。

また、文化・社会の領域から堺屋太一（作家、財団法人アジアクラブ理事長）、山崎正和

（作家、大阪大学教授＝美術・演劇論）といった有識者も参加。

外国人のメンバーとしては、グレゴリー・クラーク（豪、上智大学教授＝比較文化、国際経済）をはじめ、ジェフリー・E・ガーテン（米、シェアソン・リーマン・ブラザーズ・アジア・インコーポレーテッド・マネジング・ディレクター）、韓昇洲（韓国、高麗大学校教授）、李國卿（中国、太平洋経済評論代表者）といった人たちが参加した。

１９８５年（昭和60年）９月から翌年４月まで、月１回のペースで計８回の会合が持たれて、１９８６年４月18日に報告書をまとめるという活力のある懇談会。

21世紀に向けて、日本は世界の中でどのような役割と貢献をすべきか。各メンバーはそれぞれに深い問題意識を持ち寄り、活発に議論し合った。

この懇談会は通産事務次官の私的懇談会ということで発足したが、通産省にとっては「初の試みであり、大変有意義な経験をいたしました」と小長は述懐。

何が、初の試みだったのか？

前述した通り、「26人の委員のうち10人が外国の方々であり、しかも、広範な専門分野に亘って、議論していただいたということです」と小長は語る。

懇談会では通産省の領域にとらわれず、国際政治、社会、文化などを含んだ多面的かつ学際的な議論が活発に展開された。

あまりにも、広範多岐にわたって議論が展開されすぎると、果たして一つの報告書にまとめられるのかという心配もあったが、そこは村上座長や香西座長代理ら、まとめ役の熱意と調整力で一つの報告書に集約していった。

学界関係者も、それまでタテ系列の専門の議論だけでは物事は解決できなくなっているとして、インターディシプリナリー（学際的）な議論がこれから必要という認識で議論に参加。それだけに、1986年（昭和61年）4月、報告書がまとまった時は、内外で大きな反響を呼んだ。この報告書はこの後、『世界の中の日本』という著作となって刊行された（同年6月）。

「特に、この議論の過程において、外国人委員の方が日本に関して、非常に鋭い観察をされていたということは、われわれにとって新鮮な驚きでした。それで、日本が直面する様々な問題について、日本人だけの独りよがりの発想にならずに議論ができたことは大変有益であったと思います」

外国人委員が日本の将来に多大な関心を持ち、「鋭い観察をしていた」と小長に思わせるほど、彼らも議論に積極的に参加したということである。

小長は著作『世界の中の日本』で、「18世紀の産業革命から発展してきた産業社会は歴史的転換の時期を迎え、第二次世界大戦後の安定した世界運営システムも大きく変容しつつあります」という時代認識を示し、次のように続ける。

「また、産業・貿易の発展に伴い、国際間の相互依存関係が急速に深化してきており、国際間の相互理解が深められる一方で、様々な摩擦が生じています。このように現在の国際情勢は、経済面のみならず、政治、文化など広範なレベルにおいて流動化、多極化の傾向にあり、21世紀に向けて世界がグローバル・コミュニティとして平和と繁栄を享受していくためには、今ほど世界各国の協力が求められる時はないと言えましょう」

経済分析の第一人者・香西泰ら、幅広い領域の人材が集まって『世界の中の日本を考える懇談会』が開催された。

小長自身、1970年代初めの日米繊維摩擦、そして鉄鋼、家電、半導体と、通商摩擦を通産官僚として体験。それだけにグローバル・コミュニティづくりの必要性を痛感していた。

『世界の中の日本』の役割として、三つの目標が掲げられた。

第一に、日本は、小国としての受動的な立場から脱し、共同運営体制の主要な担い手としてこれに主体的に参画し、国際的公共財供給の負担を積極的に負うことが必要。そのためには、自らグローバル・コミュニティ意識を醸成し、国内外の利益の調和を図っていくことが重要。

第二に、日本は、国際社会との調和を持ちつつ、自らが十分な経済成長を遂げると共に、経済力を活かして世界の発展に経済面、文化面等において多面的に貢献する国――『経済貢献型国家』を目指すべきである。

第三に、アジアの国としての日本は、地域の安定と経済の発展に大いに貢献していくべき。アジアの経済の活力を活かし、これを世界の発展につなげていくと共に、経済、文化、人の交流等、バランスの取れた相互依存関係、開かれた地域の協力関係（エネルギー協力、情報化協力など）を構築することが必要。

このような基本的方向を踏まえ、具体的な日本の役割と世界への貢献として7項目を挙げる。それは、①自由貿易の一層の発展、②構造変革型政策協調の推進、③摩擦なき海外直接投資の推進、④国際化の中の日本企業、⑤人・科学技術の相互交流、⑥南北問題への積極的対応、⑦安全保障及び世界平和への努力――である。

「『世界の中の日本』は今に通ずるテーマ。世界との協調、共存なくして日本の成長、発展はありえない。価値観や文化、宗教観が多様化する中、日本の果たすべき使命や役割とは何かをこれからも探っていかなければならない」と小長は語る。

通産省初の女性事務官・坂本春生の活躍

ところで、このときの懇談会の事務局の担当として活躍したのが坂本春生。通産省の女性事務官（キャリア）第一号として1962年（昭和37年）に入省。この時の坂本の肩書は大臣官房企画室長。

「懇談会のメンバーの人選、ことに外国のメンバー選びとその交渉を坂本さんが中心になってやってくれました」

事務局のリーダーは、大臣官房総務審議官の鎌田吉郎（後に資源エネルギー庁長官）、坂本、そして大臣官房技術企画調査官で技官の橋本久義（現政策研究大学院大学教授）の3人。この他、大臣官房企画室の13人、同政策理論研究室の7人の計20人がスタッフとして支えた。

1985年（昭和60年）は男女雇用機会均等法が成立。女性の社会進出の必要性が叫ばれ始めていた。坂本はこの後、札幌通産局長となって活躍。ほどなく退官し、西友副社長を務めるなど民間でその力を発揮。

時代の転換期にあって、国の針路、企業のカジ取り、個人の新しい生き方を探る『世界の中の日本を考える懇談会』であった。

もう一つ、産業構造審議会の中に企画小委員会が設けられ、21世紀をにらみ、産業社会のあるべき姿、基本構想を探っていくこととなった。

福川伸次・産業政策局長が中心となり、論議のポイントを国際性、創造性、文化性にしぼり、圓城寺次郎が委員長（日本経済新聞社の社長・会長を経て当時顧問）を務めた。

政権としては、中曽根康弘首相の私的諮問機関に『国際協調のための経済構造調整研究会』がある。座長として報告書を取りまとめたのが、前川春雄・元日本銀行総裁であり、その報告書は前川レポートと言われる。

この前川レポートをはじめ、産業構造審議会企画小委員会、『世界の中の日本を考える懇談会』の三つに共通するのは、「日本は歴史的転換期にある」という認識。もっと言えば、現状のままでは、「日本は世界の孤児になる」という危機意識であった。

政治、官僚、そして民間のいわゆる政・官・民のリーダーたちは来たるべき21世紀に向けて、日本の針路をしっかり構築しなければという思いを共有していた。

日米、「開かれた協力関係」を

小長が通産事務次官に就任したのは、日米貿易摩擦が燃え盛る１９８４年（昭和59年）6

月のこと。時の通商産業大臣は小此木彦三郎、村田敬次郎、渡辺美智雄と続いた。

「大臣とは常に情報を共有しながら適時、適切な指示をいただいて対応していた」と小長。

こうした時代の転換期にあって、小長は世界の流れをどう読み、どう動こうとしたのか？

「日米貿易摩擦で言えば、対話を冷静に誠実にやっていくという日本の基本姿勢を米側も次第に評価するようになっていた」

日本側は、小長が言うように「輸入拡大、内需振興、市場開放」に尽力。一方の米側は？

米国は貿易赤字、財政赤字の〝双子の赤字〟という課題を抱えている。インフレ抑制のため、高金利政策を取ること自体はいいとして、高金利はドル高を招く。ドル高では輸入がますます増え、貿易赤字の解消にはつながらない。マクロの経済政策の意見調整をしながら、二大赤字を是正していこうという話し合いになった。

ただ、膨大な貿易赤字、財政赤字の是正はそう容易ではなく、時間がかかるのも事実。二大不均衡（赤字）の是正を漸進的に進める、つまりソフトランディングを双方で話し合いながら目指そうということで合意した。

国と国の交渉では、歴史的な視野、そしてグローバルな視点での対話が必要。1980年代半ば時点で21世紀を展望していく上で、「数年前から、米国の太平洋貿易のウェイトが大西洋貿易に比べて高くなっている」ことを小長は分析。

日米が互いに自らの利益に固執し、ブロック経済化しては結局、双方の利益につながらない。「開かれた協力関係を築いていこう」ということで双方合意。

すでに太平洋経済委員会（委員長・五島昇、日本商工会議所会頭＝東京急行電鉄社長）や太平洋経済協力会議（議長・大来佐武郎、元外相）などの会合もあり、官民挙げて日米対話を進めようという機運が盛り上がろうとしていた。

産業政策の役割とは

経済の主役は民間、行政（官僚）はその成長を支援する脇役ということだが、将来を見据えて、国全体のビジョンを構築していく上での官僚の果たす役割を小長は模索し続けてきた。

小長が現役時代、通産省の官僚の残業時間は年間２０００時間と言われた。

一般労働者に適用される働き方改革関連法は２０１９年（平成31年）４月からスタートしたが、これによると残業時間の上限は『年７２０時間』となっている。

当時の日本が置かれた環境が今とは違うとはいえ、今なら過労死水準とされるまでに、その頃の人たちが働いたという事実。そこには、戦後の焼け跡から力を合わせて這い上がろうとする時代の空気があった。

フロンティア（新領域）を切り拓いていく——という思いが人々を生き生きとさせた。それは残業時間を超えて、ひしひしと感じるものがあったからであろう。

小長は1986年（昭和61年）6月に次官を退任した後、『日本の設計』という著作を刊行（発売元＝文藝春秋、発行所＝ネスコ、同年12月）している。

「『海図なき航海』を強いられる時代だからこそ、通産省は将来を見据え、明日へのすぐれた指針、ビジョンを示していかなければならないのである。やるべきことは、単なる机上の勉強だけでなく、時代の流れを肌で感じることである」

現場を重視し、対話を重ねる。小長は退任後、企業経営者たちと懇談し、裃を脱いで話し合った。

「明日が読めない」——。

多くの経営者たちが異口同音にこう訴えた。

同業他社で何か新製品の開発に乗り出していないか、あるいはユニークな経営戦略を打ち出していないかと不安な面持ちでニュースを見ているという心情も吐露された。

何か新しいことへチャレンジしていかねばならないという気持ちを多くの経営者が持ち、「それには異業種との提携や共同研究といった業際にこそ、突破口があるのではないか」と小長は、『日本の設計』のまえがきに記している。

30余年後の今日、ＡＩ（人工知能）やＩｏＴの時代を迎えて、人と機械の関係はどうあるべきか、根源的な問いかけがなされている。

トヨタ自動車とソフトバンクグループが提携するなど、異業種間の提携も活発。日本企業も米シリコンバレーに拠点を設け、ＡＩやＩｏＴ関連のスタートアップ企業と連携するなど、フロンティア開拓に懸命だ。

「時代のニーズを先取りし、時代の流れを敏感に察知する。そして、それに対応するビジョンを提示、その方向に沿って産業政策を作っていく」――。

小長が次官時代に強調した言葉。このことの持つ意義は今も変わらない。

歴代先輩次官との対談で感じた使命

通産官僚にとって欠かせない資質とは何か。「こう問われれば、わたしは躊躇なく、企画構想力、交渉力、実行力の三つだ」と答える。現役の幹部、OBも同じ回答をするだろう——。通商産業省（現・経済産業省）に入省して33年余、事務次官を辞して間もなく著した『日本の設計』（1986年＝昭和61年刊）で小長はこう述べる。産業政策とは何かをひたすら追求し、その使命と役割を模索し続けた日々を踏まえての著作。同書では、通産省の前身・商工省の次官をつとめた岸信介（後の首相）をはじめ、歴代18人の先輩次官との対談を収録。先人の足跡をたどり、現在なすべきことを考え、将来へ向けてのビジョンづくりにつなぐという試みだ。

官僚に求められる三つの資質

通商産業省（現・経済産業省）は、よく政策官庁、アイデア官庁の代表格とされる。法の下に権限を握って許認可を下す、いわゆる「許認可官庁」ではない。

時代先取りの発想をベースにして政策を立案し、関係者と交渉し、説得も試みたりして実行することによって政策を決め、それを推進していく。

そうした政策官庁として、「企画構想力、交渉力、実行力の三つの資質」が求められる――という小長の認識である。

1953年（昭和28年）春、通産省に入省したときの次官の訓示を、60年余経った今でも小長は忘れていない。

「至誠天に通ず」――。当時の次官は小長ら若き入省者にこういう言葉を使って激励し、次のように述べた。

「人類の悠久の歴史から見れば、一人の人間の社会人生活などまさに一瞬のまばたきに等しい。だが、君らは駅伝競走におけるランナーよろしく、与えられた区間を全力で駆け抜けなければならない。そうすることで自分自身の、また通産省の新生面が切り拓かれていくのである」

小長は入省4年目の1956年（昭和31年）、通商局の経済協力課に配属された。当時、多国間交渉を含む国際経済問題としても、経済協力にしても草創期。夜遅くまで仕事は続くが、やり甲斐があった。

心の通う経済協力を行うには、ということで、まず相手を知るためのアジア経済研究所と海外技術協力センターを設立しようという構想を経済協力課は立てた。

設立のための予算折衝となると、大蔵省（現・財務省）と厳しい攻防戦となる。また、海外技術協力となると、外務省が「それはうちの所管」と言ってきて、この調整に手間取る。

結局、アジア経済研究所は通産省所管に、海外技術協力センターは外務省に、ということで落着するのだが、この時、若き官僚の小長は交渉力が大事だということを痛感させられた。

通産官僚には〝企画構想力、交渉力、実行力〟の三つが求められるということを、小長は身をもって感じ取ってきたのである。

歴代の事務次官と『通産ジャーナル』で対談

産業政策の役割については前にも触れたが、『日本の設計』では、次のように述べている。

「通産省の重要な役割は、産業の助成でも、監督でもなく、広い意味でのビジョンを提示することである。そのビジョンの方向性に納得して前進する企業に対して、呼び水的な誘導政策をとるのが、現在の産業政策における基本的なスタンスだ」

戦後すぐは、日本の産業界の体力も弱い。自然と保護行政になりがちだったが、その後の成長で貿易・資本自由化も体験し、世界との折り合いもつけなければならず、「産業の助成でも、監督でもなく、広い意味でのビジョンづくり」という流れになっていった。これは、今も生きる産業政策のあり方である。

通産省は時代の変化に対応し、具体的にどんな産業政策を取り、どう実行してきたのか。歴史的な経過を知ろうと、小長は先輩次官たちと対談を行っている。

小長が次官時代、『通産ジャーナル』誌上で、歴代次官と対談を積み重ねたもので、時代の空気とその変化を知る上でも大変に貴重な資料になっている。

日本再生に動いた岸信介の覚悟とは

まず、最初の対談相手は、岸信介である。

岸は１８９６年（明治29年）生まれ。山口出身。１９３９年（昭和14年）10月から１９４１年１月まで通産省の前身、商工省の次官を務めた。１９５７年（昭和32年）から１９６０年まで首相を務め、日米安全保障条約成立に動き、その後の日本の政治・経済の基盤をつくりあげた人物である。

岸が商工次官の時、時の近衛文麿首相から、松岡洋右外務大臣（岸の親戚）を通じて「商工大臣にしたい」という打診があったが、それを断った。大臣より次官の方が産業政策を担いやすいし、産業界との話し合いもしやすい。それが日本のためになるという岸の当時の判断。

そこで近衛首相は、「それなら小林一三君を大臣にする案でどうか」と言ってきた。阪急グループの創始者で飛ぶ鳥を落とす勢いの小林一三である。

「わたしはよく存じ上げませんが、総理がそういうお考えなら結構です」と岸は答え、小林大臣・岸次官体制が発足した。

小林も気性の激しい経済人。小長との対談で、当時の二人のやり取りについて、岸は次のように振り返っている。

「小林さんという人はなかなか変わっておって、わたしが着任の挨拶に行ったら『僕が商工大臣、君が次官というのに対して、友人からは性格が同じようだから、きっと喧嘩するだろうと言われている。ところが、僕は昔から喧嘩の名人で喧嘩をすれば勝つけれど、勝ってもあまり得にならない喧嘩はしない。君と喧嘩して勝っても、世間からは、小林はいい歳をしてあんな若い者をよう使わんと言われて、ちっとも得じゃない。そんな喧嘩はやらん』と」

岸は、小林に対して、「それは結構なお話です」と答えたというが、結果的に、二人は産業政策を巡って対立。岸は次官を辞任。

しかし、岸の実力を周囲が放っておかず、岸は東条英機内閣の商工大臣に抜擢された。戦時体制に入っての大臣就任。このことが敗戦後、GHQ（連合国軍最高司令官総司令部）占領下に開かれた東京裁判で裁かれることとなり、岸は巣鴨プリズンに3年余拘置される。

岸の公職追放が解けるのは1952年（昭和27年）4月のこと。日本が自主権を取り戻すことになるサンフランシスコ講和条約発効と同時であった。

GHQの7年にわたる占領時代が終わり、自主権回復へ向けて世界と講和条約を結ぶ際に、『全面講和』か『多数講和』か、という選択肢があった。

この選択を巡り、野党はソ連や中国を含む『全面講和』を主張するが、当時の吉田茂首相は、日本が自由主義陣営に入ることを意味する『多数講和』を選択。

しかし、日本国内の議論は条約締結（1951年＝昭和26年）後も紛糾し、1953年3月、吉田首相はあの有名な『バカヤロー解散』に打って出る。

岸は晴れて自由の身となっており、新しい欧米の状況を視察する旅に出るため、同年2月に日本を出発。ドイツに滞在中、東京から「すぐ帰れ」の電報を受け取り、英、仏、米など歴訪の旅を中止して、すぐに帰国。

この辺のいきさつを、岸は対談で「わたしの留守中にわたしを自由党から立候補させることを弟（佐藤栄作、後の首相）や友人達が決めておりましてね。4月に選挙をやって、政界に入ったわけです」と述べている。

実は、岸は追放解除となってすぐ、日本再建連盟という団体を興し、吉田茂率いる自由党を相当攻撃していた。それが自由党の公認候補として立つというのだから、全国の支持者たちが怒ったという一幕があった。

岸は「自分の政治行動を見てくれ。自由党を理想的なものに改革するんだと訴え当選した」と語り、自由党入党後も吉田に抵抗するような形になっていた。

戦後日本の基礎を作った吉田茂

岸の政治的スタンスは、吉田とは少し違ったが、文字通り戦後日本の設計にあたり、正当な決断を下したと、次のように吉田を評価している。

「わたしは、戦後の日本の政治家で一番偉いのは吉田さんで、特に全面講和を排し多数講和でサンフランシスコ条約を結ばれた。あの決断が今日あるゆえんであると当時から考えておったのですが、ただ、国内における政治行動が政党政治家として適当でないという考えから、吉田さんにいろいろ反抗するようなことをしていた。しかし、決断を下して、日米同盟を中心に置いた日本の外交政策の基礎をつくられた吉田さんに対しては非常に敬意を表しており、また日本の外交政策の基本として、将来にわたって引き継いでいかなければいかんと思っておりました」

岸は1957年（昭和32年）から1960年まで首相を務め、新しい日米安全保障条約を締結。この条約締結問題は国論を二分する騒ぎに発展。『安保反対』運動が野党や学生の間で激しく燃えさかった。岸はこの時の心境を次のように述べている。

「岸内閣をつくることによってですが、独立回復後の日本の現職の総理大臣として初めて訪米し、アイゼンハワーと会って、日米新時代に関する宣言をした。その内容は、要するに、経済力が違おうとも、日米は恒久的な友好関係を続けていかなければならぬ、そのためには相互理解、相互尊重、相互協力をしなければならぬ、というもので、これが結局は安保条約改定につながる日米関係の基礎的な考え方として今日まで続いている。ということでわたし自身の考えも、吉田さんの考え方を引き継いだというのが基本です」

吉田はサンフランシスコ講和条約を締結した後、日米安全保障条約を米国と結んだ。敗戦で国力の弱い日本は日米同盟で安全保障を確保した上で経済復興に全力をあげる道を選択。

これが日本の復興、そして高度成長の実現を果たすことにもつながり、第一回目の東京五輪（1964年＝昭和39年）が開かれ、先進国クラブといわれるＯＥＣＤ（経済協力開発機構）加盟を果たす原動力にもなった。

※付記※

歴代事務次官との対談が岸から始まったことについて、小長の懐旧談がある。

「安倍晋太郎通産大臣が就任されて間もなく、義父にあたる岸さんから当時、官房長であったわたしのところに電話があり、『通産省幹部に安倍大臣を紹介する昼食会をやりたいので手伝ってくれないか』という心温まるご依頼をいただきました」

通産省側でその会合に出席する人選、場所の選定、そして案内状の送付などを済ませ、小長は当日、余裕をもって30分前に都内の料亭『福田屋』に赴いた。

すると、「何と岸元総理はすでに到着されているのでビックリさせられました」と小長はその時の気持ちを振り返る。

岸は笑みを浮かべながら小長と話を始めた。岸は山口県出身、小長の郷里は岡山県である。

岸も「わたしも小さい頃、親父の仕事の関係で岡山市内の内山下尋常高等小学校へ通っていたんですよ」と話し、お互いに郷里のことで話が盛り上がった。

ちなみに、安倍晋太郎通産大臣（現首相・安倍晋三の父）は旧制六高（岡山）のＯＢ。小長も六高出身である。

「わたしにとって30分間の貴重な時間を岸元総理からいただいたことで、本当に勉強になりました」と小長は語る。

後に小長は『通産ジャーナル』で岸元総理との対談を行うのだが、「あの時の30分間のご縁で、最初の対談相手になっていただいた」と述懐。人と人の縁の妙と同時に、「会合には30分早く出かけるといいことがあります」という小長の笑顔が印象的である。

戦後の混乱期に歴代次官はどう対応したか？

厳しい環境の中で、知恵を出し合い、創意工夫で課題を克服していく――。戦争で焼土と化した中を復興していく時の先人たちの行動がそうだったし、そうした生き方はその後も受け継がれていく。日本の課題解決へ、歴代次官たちはどう考え、産業政策をどう興し、それをどう実行していったのか。小長は、『通産ジャーナル』誌上で歴代次官と対談。戦前、戦中、そして戦後の日本はＧＨＱ（連合国軍最高司令官総司令部）の占領時代、そして主権を回復し、資源・エネルギーの調達、さらには外貨不足、資本不足の中でどう産業を振興させていったのか。そして、歴代次官たちはどう対応したのか――。

『中小企業』という言葉を創った豊田雅孝・元次官

日本経済がゼロから再出発する１９４５年（昭和20年）10月、商工次官に就任したのは豊田雅孝。

豊田は１９２５年（大正14年）に商工省入省。企業局長、工務局長などを歴任。終戦直後の１９４５年10月に次官就任という経緯。

敗戦による焼け野原から再出発した日本。食料をはじめ、各物資不足の中で、生活必需品をどう増産するかという課題に戦後は直面。豊田は生活必需品緊急増産本部長も兼任、文字通り、東奔西走の日々を送った。全体に、この必需品の増産計画はそれ相応の成果を上げた。戦後の混乱の中で、成果を上げられたのはなぜか？

「物資関係については、内務省の系統の協力が必要だと考え、人事交流などもできる限り行いましたし、地方の機構についても交流の実があがるように最大限の努力をしました」と豊田は語る。

他省庁との連携で政策の実を上げようということ。

当時の内務省は自治行政から警察、厚生、建設、運輸などの内務畑を司る巨大官庁。１９４７年（昭和22年）の内務省廃止を経て、内務省から自治省（現総務省）、警察庁、厚生省

（現厚生労働省）、建設省（現国土交通省）が誕生する。

省庁の組織は縦割りだが、そこに横串を刺すことで政策の成果を上げようという試みだ。

豊田は次官退官後、１９４７年（昭和22年）に商工中金理事長、53年に参議院議員、商工協同組合中央会の会長も務めた。

中小企業の育成に商工省時代から携わってきた人。ただ、本人が商工省の現役時代は、中小企業という言葉はあまり定着しておらず、『中小商工業者』、『中小商工業対策』という言葉が使われていた。

それがある時、豊田が当時、ラジオ番組の司会者として人気の高かった徳川夢声と対談した際、「舌の回りが悪い言葉は使わない方がいい」と言われたのだという。そこで、豊田はいろいろ考えた末、『中小企業』という言葉にしようと決め、以来、この言葉が浸透。

豊田が次のように語る。

「ある座談会に出た時、徳川夢声君から、『さっきから中小商工業問題と言われるけれど、自分などしゃべるのが商売だが、口がもつれて言えません。何かいい言葉は無いもんでしょうか』という話があったんですね。わたしは『わたしたちも常々それを考えていますので研究しましょう』と答え、検討したあげく、思いついたのが『企業』の文字だったわけです。企業という文字であれば、商工業者のみならず、鉱山会社も運輸会社もカバーできるではないかと。そして、隗より始めよで、団体などの名称につとめて中小企業という文字を使わせたところ、次第に浸透して、今では中小企業といえば特殊の理念が盛り込まれるようになった。大変良かったと思っております」

エネルギー危機の中、みんなで知恵を出し合う

敗戦直後の厳しい現実の中で高い志を持って仕事に取り組む先人たちがいた。

1947年(昭和22年)2月から1948年11月まで商工次官を務めた岡松成太郎もその一人(退官後は日本商工会議所専務理事、北海道電力社長を歴任)。終戦2カ月後の1945年(昭和20年)10月に燃料局長に就任。当時のエネルギーの主役・石炭増産が緊急かつ必須の課題に直面した。

国内に貯炭はなく、進駐軍が軍用列車用に優先して石炭を使い、あと2週間もすれば日本の鉄道は止まるという土壇場。この時、筑豊炭鉱のリーダーから「今は金より米です」と「1日に坑内夫に米6合、家族に3合やってくれれば人は集まります」との助言を受けた。

米の所管は農林省(現農水省)。岡松は農林大臣の松村謙三、農林次官の河合良成(後の小松製作所＝コマツ社長)にも事情を説明し、エネルギー確保に米が何としても必要と説いた。二人ともこれを了承し、協力して国策に仕上げていく。

岡松は戦前の1928年（昭和3年）入省組。開戦前の1940年（昭和15年）、各省の若手官僚を集めて設置された総力戦研究所の一員として、『日本経済がどこまで戦争に耐えられるか』というテーマの研究に取り組んだ。

海軍は燃料廠を持って、相当の燃料備蓄をしていたが、陸軍は全く何の準備もしていなかったといわれる。

「仮に陸海軍の間で融通できたとしても、戦争となれば2年しかもたないという結論になって、そのような報告を出したんです」と岡松。

対米開戦をすべきか否かという課題も当初、真剣に議論し、海軍の関係者は慎重だったが、米国が石油の対日禁輸に及んだらどうするか——ということになり、戦争準備を始めなければ——という空気に傾いていく。

この時、岡松は、仮に戦争ということになった時は、航空燃料がボトルネックになると指摘しており、国の運営にとってエネルギーは最重要課題の一つという認識を深めていった。その思いは敗戦後、日本が復興を果たしていく上でエネルギー政策に活かされていくこととなる。危機に際し、皆が知恵を出し合い、底力を掘り起こしていったエピソードも興味深い。

ＧＨＱ相手に言うべき事を言って……

ＧＨＱ（連合国軍最高司令官総司令部）の占領が１９５２年（昭和27年）に終了、日本が主権を取り戻す端境期に通商産業事務次官を務めたのが玉置敬三（在任は１９５２年３月から１９５３年11月まで。退官後は東芝社長、会長を歴任）。

小長は１９５３年（昭和28年）４月に入省するわけだが、この時、玉置次官の訓示に啓発され、その後の人生において一つの指針になったことは先述した通り。

「通産行政は複雑にわたるけれども、与えられた職務に誠心誠意取り組めと、至誠天に通ずるという訓示は今も頭に焼きついています」と小長は述懐する。

では、ＧＨＱの占領政策はどうだったのか？

「当初、日本の経済発展については、連合国側は一切協力しないという非常に厳しいものでした」と玉置。

しかし、戦後、米ソ冷戦が激しくなる中、玉置は「占領政策が一変する」と語り、「それは日本の産業を復興して、日本を早く自立せしむるという方向になったわけです。この占領政策の転換が一つの大きな歴史的なポイントだと思います」と回顧。

玉置は、賠償実施局、電力局長、通商機械局長などの要職を歴任。戦後復興の政策づくりに奔走。賠償実施局長の時は、「わたしは、敗戦国の人間として恐れることなく堂々と話をいたしました」という姿勢。

とにかく、GHQから投げかけられた提案に、思うことを真っすぐ、直球で投げ返す玉置のやり方。メートル法成立の時もそうだった。

米国にはヤードポンド法が残っている所が多かったが、メートル法は日本の国際化のために、また貿易振興のうえからも非常に重要として、「将来はメートル法でいかねばならぬということで、わたしが計画案をGHQに持っていきました」と玉置。GHQもそれに同意し、「日本はメートル法をやるべき、米国のほうが間違っている」と同意してくれたという一幕もある。

敗戦国という烙印を押される状況下、先人たちは信念を持って、言うべきことを言い、実行すべきを実行していったということである。

不況は、次の飛躍の力を蓄える最高のチャンス！

復興期には輸出が日本経済発展のカギを握るということで、首相を議長とする輸出会議ができたのは1954年（昭和29年）。関係各省や民間の有力者も参加して、毎月開催され、輸出目標を定め、輸出増進の方策を審議。

平井富三郎と小長の対談が催された1985年（昭和60年）は、日米貿易摩擦で、日本は米国から対米貿易黒字の縮減を要求されていた頃。日本政府内に輸入促進会議がもたれ、平井からはまず「まさに隔世の感ですね」という感想が聞かれた。

平井が事務次官を務めたのは、1953年（昭和28年）11月から1955年11月まで（退官後は新日本製鐵＝現日本製鉄社長を歴任）。その頃は、官民あげて輸出を振興し、外貨ドルを稼ごうという時代。だが、物事は一直線には進まない。

日本は外貨不足で『国際収支の天井』という言葉がよく使われていた。復興の時期で、まだまだ資本不足の状態。その頃のことを平井は次のように語る。

「当時はちょっと景気が良くなると輸入が増え、国際収支が赤字になる。そこで金融を引き締めて輸入を減らし、また輸出がふくらむ方向にもっていく。その繰り返しでしたから、輸出の規模を増すことが日本の産業の発展、あるいは国民生活を豊かにしていく上で最大のテーマであったと思うんですね」

終戦から8年余。まだまだ日本経済の底は浅かった。輸出を増やすにはどうすべきか？

「結局、これからは内需を拡大して大量生産が可能な経済にしない限り、輸出増加に必要なコストの引き下げはできないのではないか」という考えを平井は示している。

国際競争力を付けなくては、世界を相手に勝ち抜けないという視点がすでにこの時点であるということ。「そのためには、産業界の生産性を上げていくことが大事で、経営コストをどう引き下げていくかという努力が求められる」という平井の訴え。

平井はこのことを分かりやすく伝えるため、イギリスの伝統産品・ウィスキー産業を引き合いに話を進める。

「イギリスは国際収支に困ると、自分たちは安いウィスキーを飲んで、高級なものは輸出に回すということがあったわけですけど、こうしたやり方では日本経済の輸出増加はできない。要するに、国内の消費を増やして大量生産を可能にし、それによってコストを引き下げて輸出振興を図る——これが当時の基本的な考え方だったと思います」

当時は、重化学工業中心の産業構造への移行期。また、石炭から石油へのエネルギー転換が進み始めた時で、経済のカジ取りも難しい時期。

平井は、石炭庁管理局長を務めたことがある。また、戦後間もない1949年（昭和24年）に経済安定本部（後の経済企画庁、現在の内閣府）の総裁官房長、後に副長官心得も務め、マクロ経済の運営にもタッチ。

終戦以来のインフレを終息させ、安定した経済を実現するために、1949年に1ドル＝360円の為替レートが設定されると共に、財政もグッと締められ超均衡予算が取られた。いわゆる〝ドッジ・デフレ〟である。

日本経済は合理化への厳しい努力を強いられるが、インフレも終息していく。平井はこの頃、「不況は確かに企業にとって苦しいけれど、次の飛躍の力を蓄えるバネを手に入れる最高のチャンス」と産業界を叱咤激励。

平井――小長対談が行われた1985年（昭和60年）と1949年（昭和24年）当時では日本経済の規模、それに世界の中での日本のポジションも大いに違う。

平井も「日本経済が巨大になり政策課題は内外共に複雑多岐にわたる」との認識を示しつつ、後輩の小長に対して「ざっくばらんに話し合える友人を各省庁の垣根を超えてつくることが大事」という助言を与えている。

「もはや戦後ではない」を迎えての産業政策

省庁改編で、商工省が通産省となった1949年（昭和24年）5月、同省通商企業局長に就任したのが石原武夫。3年在任し、官房長、経済企画庁次長を歴任、1955年（昭和30年）11月から57年6月まで通産事務次官を務めた（退官後は電気事業連合会理事長、東京電力副社長を歴任）。

1949年（昭和24年）に産業合理化審議会が発足、1951年（昭和26年）2月、『我国産業の合理化方策について』という答申が出された。この時期、どんな考えで産業政策づくりに取り組んでいたのか。

「ともかく日本の産業が自立するところにもっていくために合理化を進める以外にないと。もう一つは、国としても赤字の世話をいつまでもアメリカにかけているわけにはいきませんから、やはり輸出振興を行わなければならない。かといって、あらゆる産業が国際競争力をもつということは不可能ですから、初めは繊維や雑貨、次には軽機械というように輸出商品になるようなものを順次育てあげていく。これが、あの時代の通産省としての課題でした」

石原は1954年（昭和29年）7月から1年半経済審議庁、経済企画庁（現内閣府）の次長を務め、経済自立5カ年計画に参画。経済企画庁は、毎年の経済動向をまとめ、経済運営の指針となる『経済白書』を1947年（昭和22年）から作製し、国内外から注目を浴びてきた。

そして、石原が次官を務める1956年（昭和31年）、あの有名な『もはや戦後ではない』という書き出しで始まる経済白書が出されている。

石原が次官を務めた昭和30年代は高度成長時代の幕開け。新技術産業の育成、産業関連施設の整備、隘路産業の生産力の拡充を三本柱として、通産省は産業政策を展開。その中で注目されるのが、1956年（昭和31年）6月に施行された工業用水法。

上水道、下水道は他省の所管で、工業用水が通産省所管になった経緯を小長が質問すると、次のような答えが返ってきた。

「当時、産業復興のために必要なことならば所管にかかわらず勉強してみようという空気があった。日本経済全体としてみた場合に、ネックになっているものを打開しない限り長い目で見た時の産業の発展に困る、と。田中申一君（後に日本工業立地センター理事長）らが中心になって勉強してくれたわけです」

石原はこう切り出しながら、工業用水が産業インフラとしていかに重要かと強調。

「工業用水については、日本は非常に恵まれた国ですから、それまでほとんど問題視されていませんでした。水は自然にあるものだと。しかし、外国では水の問題は立地に際して一つの大きな条件で、水をいかに確保するかは大変な問題。その所管がどうなっているのか。一応は上水道は厚生省、下水道は建設省となっていた。ところが、工業用水がはっきりしない。そこで建設次官の石破二朗さん（石破茂・自民党元幹事長の父）に『われわれの所でやらせてもらえないか』と話すと、『この際、水の問題をきれいさっぱりしよう。上水道は厚生省、下水道は建設省、工業用水は通産省が責任をもつということで結構だ』と判断を下された」

その後、臨海工業地帯が急成長していく背景には、この工業用水の確保と整備が大いに貢献したことは言うまでもない。

石原は技術重視の下、フロンティアに挑戦していくことで成長のタネを掘り起こそうという考えを披露した。歴代次官のフロンティア・スピリッツには啓発されるものが多い。

政治家、官僚、経済人が織り成す人間ドラマ

「投資が投資を呼ぶ」――。神武景気に次ぐ岩戸景気は1958年（昭和33年）7月から1961年12月まで42カ月間続いた。国内外の旺盛な需要に景気は支えられ、特に重化学工業への投資が活発に行われた時代である。日本経済は全体として高度成長への軌道を辿っていくわけだが、日本の産業界には過当競争の風土があり、これをどう改め、国際競争力を付けていくかという産業政策上の課題を抱えていた。1960年7月に池田勇人内閣が発足。池田首相は『所得倍増計画』を掲げ、経済政策に注力する方向性を打ち出す。日本経済は高度成長へ向け、力強く動き出すのだが、同時に貿易自由化・資本自由化という新しいステージを迎えていた。

過当競争体質をどう改善していくか

『所得倍増計画』――。1960年（昭和35年）7月、池田勇人は新内閣を発足させるにあたり、「国民の所得を倍増させます」と表明。経済政策に注力する方向性を打ち出した。

その年は、岸信介・前内閣による新しい日米安全保障条約が締結され、日米同盟がさらに強化される方向が打ち出された。

国内は政治的に激しい議論が闘わされ、『安保反対』の動きも高まった。

そのように政治的には分裂した状況だったが、池田内閣の『所得倍増計画』は世の中の雰囲気を前向きに変えるものであり、インパクトのある政策だった。

こうした時期に通産事務次官に就任したのが徳永久次。在任期間は1960年（昭和35年）5月から1961年7月までである（退官後は石油公団総裁、新日本製鐵＝現日本製鉄副社長を歴任）。

当時は、鉄鋼や石油化学など重化学工業への投資が積極的に行われようとしていた時期。いわば、〝投資が投資を呼ぶ〟という形で経済成長が進み、民間設備投資は成長の主役の一端を担うようになっていた。

しかし、この時期、産業界では過当競争が続き、当事者は疲弊してしまう事態も続出。日本の産業風土にある過当競争にどう対処していくかは産業政策上も大きな課題であった。

例えば、石油化学がその代表で、通産省は1960年（昭和35年）10月、『当面の石油化学企業化計画処理方針』を出している。

石油化学各社は激しい競争状態にあり、各社の増設計画を放置すれば大変な過剰設備になるとして、通産省が輸入機械や技術導入の両面から行政指導を行うという趣旨の計画。

徳永は小長との対談（1986年＝昭和61年）で「今も石油化学の問題では役所も苦労していますが、その背景にあるのは日本の過当競争風土ですね」と述懐。

例えば、徳永は企業局長時代には『独禁研究会』を創設。独占禁止法所管の公正取引委員会と通産省が交代で幹事を務め、「1年以上かけて、業種別に問題を洗っていった」。

産・官・学が連携し、知恵を出し合って産業政策のあるべき姿を追求。「委員は全部学者ですから、産業界も入れる必要もあるということで、経団連からも一人だけ堀越禎三さんに入っていただいた。ですから、公取委も、産業の実態から既存の独禁法には不備のあることを認識したわけですね。独禁法改正は後のことになりますが、この時の勉強が実態的にものをいったということは言えると思います」と、徳永は語っている。

徳永の次官時代、経済活性化へ向けて、『産業関連施設の整備』が新政策として掲げられた。1960年（昭和35年）9月には工業立地白書が初めて出され、翌61年には『十年後の工業適正配置構想』が公表されている。

徳永は企業局長時代から手掛けてきた工業用水道の整備に注力。工業用水、上下水道は各省の権限も絡み微妙な要素を含んでいた。工業用水は通産と建設の共管、上下水道は建設と厚生の共管になっていたのである。

最後は前に触れた通り、徳永の上司にあたる石原武夫通産次官と石破二朗建設次官（石破茂・自民党元幹事長の父）との間で、工業用水は通産省ということで決着した。

大臣と次官との関係でいえば、当時の川崎製鉄（現ＪＦＥホールディングス）が鉄鋼の設備投資資金の不足をカバーするため、世界銀行資産を導入する際のエピソードが残っている。

川鉄の世銀資金の融資申請は難航。徳永は、日本生産性本部の訪米団の一員として、学者の東畑精一らと訪米した際、世銀本部を訪ね、世銀の担当者を〝説得〟した。「世銀もいろいろな融資をしてきたと思うが、どうせ融資するならば融資しがいのあるところがいいでしょう。わたしは米国最大の最新鉄工場と言われているＵＳスチールのフェアレス工場を見学させてもらったが、お願いしているこのプロジェクト（注・川鉄の設備投資計画）はそれよりもはるかに設計上よくできている。こんなプロジェクトに融資することは世銀としていい思い出になると思います」

結果的に、世銀の川鉄への融資が実現。この時の徳永にはもう一つ逸話がある。

徳永は、世銀の担当者を〝説得〟する際、「実は今回の訪米にあたって、融資を受けられるように世銀を説得するようにという大臣の命を受けてきた」と相手に伝えたというのである。

実は、そんな〝命〟は受けていなかった。徳永は帰国後、さっそく、石橋湛山通産大臣（後の首相）に会い、「実は大臣の名を称して、こういうことを言ってきました」と報告したところ、石橋は「そんなウソならいくら言ってもいい」と笑いながら答えたという。

大臣（政治家）と次官（官僚）との連携が課題解決を円滑にさせたエピソードである。

産業の裾野の育成へ　中小企業基本法が成立

大企業と中小企業の格差問題をどう解決していくべきか。

池田内閣の所得倍増計画のもとで経済成長が実現する一方で、大企業と中小企業の格差問題がクローズアップされてきた。

この時期、１９６１年（昭和36年）７月から１９６３年７月まで通産事務次官を務めたのが松尾金蔵（後に日本鋼管＝現ＪＦＥホールディングス副社長、会長を歴任）。

通産省は中小企業基本法の制定に動く。その趣旨について、松尾は次のように語っている。

「当時、一部には『日本経済の中には中小企業という特別の存在があって、それに対しては特別の政策をとるべきだ』という、議論というよりもむしろ偏見があったわけですが、通産省の立場は、日本経済全体の中で中小企業だけを切り離した政策はありえないというものでした。ですから、そのような一部にあったやや狭い見地の議論に対して、中小企業対策のあるべき基本的な姿勢を打ち出したのが中小企業基本法だったと思います」

当時、中小企業庁を通産省から切り離せという議論もあったが、中小企業は日本の産業の裾野を担う大事な領域という全体像を捉え直したということ。

また、当時の大きな政策課題に貿易自由化対策がある。松尾次官時代に、通産大臣の諮問機関・産業構造調査会の中に産業体制部会が発足。ここで政府、金融機関、産業界の新しい組み合わせについての議論が展開された。「そもそもの発想の原点には、フランスの混合経済体制が一つあった。フランスは官僚組織がしっかりしており、官僚組織と経済の活力とをうまくかみ合わせて、目覚ましい伸びを見せていたから、『日本でもあのような体制を』というのが一つの原点になっていたと思います」という当時の松尾たちの認識。

わが国はその頃、開放経済体制への移行を進めていたが、世界の荒波をたくましく漕ぎ抜いていけるのか、簡単に外資によって企業が買収されるのではないか、その舵取りの真価が試されようとしていた。

一つは、「株式上の不安です」と松尾が次のように語る。「1ドル＝360円のレートの頃ですから、向こうのタバコ一個の値段で日本の株式が買えるのではないかという話まで出るくらいでした。もう一つは、今でもその問題は必ずしも解決していないでしょうが、企業体質の弱さです。自己資本比率が低く、借入金中心に急速に伸びようとしていたから、企業体質にも不安があった。さらに、当時目指していた産業構造は重化学工業化で、これは大量生産方式ですから、規模の利益がなければ国際競争に勝てない。果たして日本は規模の利益を持てるのかという不安もありました」

このような問題意識の中で、産業体制部会の議論が進み、1962年（昭和37年）5月頃、政府・金融機関・産業界の三者協議による混合経済体制が提唱され、その年の10月、官民協調方式による産業金融政策に採用すべき——という見解がまとまる。

これを受けて、翌1963年（昭和38年）2月に『国際競争力強化法案』（仮称）が通産省の案として出された。

しかし、その後、反対論も出されて〝流産〟になった。特に、法案反対の急先鋒に立ったのは金融界。金融界にしてみると、金融業務に役所から枠をはめられることに反発があった。「法案の考え方自体がいけないとは皆言えなかった。というより思わなかったと思うんですね。ただ、今にしてみれば、そのような体制を法律でということになると、やはり強制という感じになり、そこに抵抗があったのだと思います」と松尾。

現に法案は実らなかったものの、その趣旨はその後の産業政策に生かされた。例えば、石油化学では産・官連携による協調懇談会がつくられ、具体的な設備投資調整や産業の在り方が議論されていったのである。

貿易・資本自由化の中、課題解決に腐心

池田内閣は1960年（昭和35年）7月から1964年11月まで約5年続く。この間、1964年には東京五輪が開催。日本の経済復興を内外に示すなど、高度成長を成就。また、東京五輪と時を同じくして、先進国クラブとされるOECD（経済協力開発機構）に加盟するなど、その経済成長には著しいものがあった。

しかし、課題もあった。産業界の資本の蓄積もまだ乏しかった。経済は上り坂から投資は活発。そうすると、輸入が増えてすぐ国際収支が赤字になるという基本構造を抱えていた。

池田内閣後半の1963年（昭和38年）7月から1964年10月までの1年余、通産事務次官を務めたのが今井善衛。

この頃の国際収支状況について、今井はこう述べている。「わたしは昭和36年に通商局長

をやっていますが、国際収支が猛烈に赤字になったため、公定歩合を引き上げて調整策が行われました。その結果、国際収支のバランスが回復。わたしが次官になる前年の昭和37年秋には引き締めをやめたのですが、しばらくするとまた成長がどんどん進み、昭和38年暮れには国際収支がだいぶ赤字になり、また公定歩合の引き上げが行われるという事情にあったのです」

これまで述べてきたように、日本は昭和30年代後半から、貿易自由化、資本自由化と開放経済を進め、ＯＥＣＤにも加盟。「開放経済ということは輸入がコントロールできないので、増加する輸入に見合うだけの外貨を持たなければいけない。そうでないと日本経済の基盤が危うくなる」という危機意識が今井にはあった。

高度成長に入り、年率２桁の伸びを示していたものの、まだまだ日本経済の基盤は弱かった。そこでどう手を打ったのか？

「例えば、昭和36年には国が米国の外銀から数億ドルの借款をした。そのような事情ですから、とにかく輸出振興を図ることが最重点施策だったのです」

今井は小長との対談でこう語っている。輸出振興は、外貨不足から脱出するためにも、最重点施策になっていく。「当時、輸出が伸びていないわけではないんです。相当の程度で伸びているのだが、国内需要が活発なために、輸入が輸出を上回るという関係にあった。ですから、輸出の一層の振興を図るべく、例えば、輸出会議を時々開いたり、いろいろな手を打ったわけです」

貿易・資本自由化の流れの中で企業の国際競争力をどう付け、高めていくか――。こういう命題を抱える中、『特定産業振興臨時措置法』（特振法）が浮上する。

この『特振法』案は一度、１９６３年（昭和38年）の国会に提案されたが廃案となった。その後、今井次官時代にもう一度提案するか否かが通産省内で議論され、翌年1月に国会上程が決まったものの、同年6月再び廃案となる憂き目にあった。

先述の通り、小長はこの法案が上程される時、担当部署の企業一課の事務官を務めていた。両角良彦課長（後の事務次官）の下、法案作成の初めの段階から参画していたという経緯。

自分たちが心血を注いだ法案が再度廃案になってから二十年余の歳月が流れていた時の今井――小長対談である。今井は次官退任後、しばらくして民間に転じ、日本石油化学社長になり、対談時点（１９８６年＝昭和61年）では相談役になっている。

今井は次官当時の心境を次のように語る。「次官になって一番取り扱いに苦労したのは、やはりこの法案です。最初に廃案になった時、〝スポンサーなき法案〟と言われたことでもわかるように、金融界が反対の先鋒になっただけではなく、産業界も十分ついてこない。また、野党は反対でしたし、与党の中も必ずしも一本化していない状態でした。

確かにこの法案は産業界の強化に役立つのですけれども、今から考えると、民間の思惑と外れていたと思うんですね。と言いますのは、民間には開放経済になってこれからは民間主導の経済運営を期待するという頭があったと思うんです。

ところが、この法案は、政府が手取り足取り世話をみようという非常に神経の行き届いたものでしたから、民間としては民間主体の活動ができると思っていたのに、政府は少し世話を焼きすぎるのではないかと考えたのでしょうね。しかも混合経済論というノロシもあがり、官僚統制になるのではないかと心配する人が非常に多かったというか、大部分はそう考えたのではないかと思います」

日本は1964年（昭和39年）にIMF8条国に移行。開放経済が進む中で、国際競争力向上に官民がそれぞれ腐心してきていた当時の事情が分かる。

『四十年不況』に立ち向かった佐橋滋

前回の東京五輪が開催されたのは1964年（昭和39年）10月。日本は敗戦から復活、高度経済成長を実現している姿を世界に示し、東京五輪は成功裡に終わった。

しかし、五輪の反動というべきか間もなく不況局面になる。

この時期、通産事務次官になったのが佐橋滋で、在任期間は1964年10月から1966年4月までの1年半（退官後は余暇開発センター理事長を歴任）。

この時の不況では、山一證券が1965年（昭和40年）に事実上倒産し、日本銀行による特別融資、いわゆる日銀特融で救済されるという一幕があった。時の大蔵大臣は田中角栄（後の首相）であった。

その後、山一證券はバブル経済が崩壊し、アジア通貨危機に見舞われた1997年（平成9年）末に倒産。損失を長年隠し、それが露見するという〝飛ばし問題〟も加わっての倒産だった。

話を元に戻すと、1965年（昭和40年）には製造業の山陽特殊製鋼をはじめ、倒産劇が相次いだことから〝四十年不況〟と呼ばれた。山特鋼はその後、会社更生法による再建を目指すのだが、〝四十年不況〟は心理的にも深刻な影響を全国に及ぼした。

戦後20年が経つ中で、不況は神武景気の後の1957年（昭和32年）と、岩戸景気の後の1962年（昭和37年）の2回あった。

この2回の不況と違って、1965年の不況については、「構造の問題というか経済の新秩序を考えないと乗り切れないのではないか」という問題意識を佐橋は持っていた。

前2回の不況はことごとく外貨不足に起因するということで、国際収支バランスを回復させる政策手段が取られた。

具体的には、公定歩合（政策金利）を上げて緊縮政策をとる。いわば不況をつくって輸入を抑制。一方、海外への輸出を盛んにし、外貨を稼ぐというやり方である。

ところが、佐橋が次官だった1965年の不況は、「前2回のようなやり方ではどうにもならない。需要に対して供給力が大幅にオーバーしたため、不景気をつくりあげたからといって、国際収支のバランスが回復するとか、黒字に転化するということではなかった。だから、供給を制限して需要に合わせるか、新しく需要を起こすか等、特別の手が必要だった」と佐橋は語る。

池田内閣の登場と軌を一にして、日本の産業界は1960年（昭和35年）頃から膨大な借金をして設備投資に動いた。その設備がポスト東京五輪に一斉稼働するようになり、供給力の大幅過剰が生む不況ということ。

通産省としては不況カルテル結成を勧奨したり、行政指導による減産措置を推進していく。

こうした対策を打つと同時に、佐橋は、「赤字国債を発行してでも国が歳出を増やし、需要を喚起して工場の稼働率を上げなければどうにもならない」として、大蔵省（現財務省）に赤字国債の発行を迫った。

１９６５年（昭和40年）、日本は戦後初の国債発行に踏み切るのだが、当時、福田赳夫蔵相をいただく大蔵省からは、「通産次官が国債の発行を大蔵省に迫るとはとんでもない話だ」と反発の声があがった。

産業政策をあずかる通産省として、それほどの危機感をもって臨んだということである。問題の本質、核心をズバリ衝き、直截にモノを言うタイプの佐橋にはエピソードが多い。事実、佐橋はその実力ぶりを遺憾なく発揮する。

例えば、生産調整で、当時の住友金属工業（現在の日本製鉄）が他の高炉各社との間で生産調整基準を巡って意見が対立した時のこと。

住金が通産省の行政指導に従わないということで、次官の佐橋は「生産指示に従わないのであれば、原料炭（輸入炭）の割り当てを削減する」という趣旨の発言を記者会見で行う。一方、住金の当時の社長、日向方齊は企業の自主性を盾に一歩も引かず、〝喧嘩方齊〟と呼ばれたりした。

事の成否は別にして、佐橋にしてみれば当時の不況を克服するには、「新しく需要を起こすと同時に何らかの形で供給を制限して需要に合わせていかなければならない」という信念で政策を運営するハラを固めていた。

この〝対立〟には余談がある。

当時の通産大臣は三木武夫（後の首相）で、佐橋は三木大臣から「僕は政務でも忙しい立場だから、通産の方は君がしかるべくやってくれたまえ」と全権委任を受けた。そうした状況下で住金・日向は三木と会った際、「大臣に会った時は、そんな強いことは言わなかった。大臣の了解を得ているのに、次官がこれを認めない。どちらが大臣か分からない」という感想を漏らしている。

当時のメディアはこれをもって、〝佐橋大臣、三木次官〟と報道した。しかし、佐橋は「大臣は大人だし、政治家だから同じことを柔らかく言われたんだろうけど、大臣と僕の間に意見の違いは無かった。どっちが大臣か分からんと言われて、僕は意外だったし、大変迷惑した（笑）」と、佐橋は小長との対談で述懐。

政治家、官僚、経済人の織り成すドラマは実に人間くさい。

国際化進展の時代にフロンティアへ挑戦

貿易自由化に踏み切った日本に対し、ＯＥＣＤ（経済協力開発機構）は１９６５年（昭和40年）、日本に対し、直接投資を中心とした資本取引の自由化を要請、資本自由化の圧力が強まってきた。そして１９６７年７月、第一次資本自由化措置が取られる。60年代後半は、〝いざなぎ景気〟もあり、日本経済全体は根強い拡大基調が続く。一方、自動車排ガス、ヘドロ汚染などの公害問題も起き、通産省も公害対策基本法に基づき、大気汚染防止、騒音規制などに動いた。１９７１年には不況局面に入り、加えて同年８月は米ニクソン政権が金・ドル交換停止、輸入課徴金を実施する新経済政策を発表。いわゆるニクソン・ショックであり、円は切り上げの局面を迎える。

資本自由化の第1段階の議論をどうまとめたか

『国際化の進展』――。1967年（昭和42年）、第一次資本自由化が行われた。

この時期、通産事務次官を務めたのが山本重信。1966年4月から1968年5月まで在任（退官後はトヨタ自動車副会長や日野自動車会長を務めた）。

山本との対談を小長が行ったのは1985年（昭和60年）。山本が次官を退いてから17年が経っていたが、その次官当時の状況を次のように振り返っている。「資本の競争の問題ですから、場合によっては乗っ取りということもある。その場合、いかに防げるかということが大事。ということで、省の内外を問わず、いろいろな議論をした。最後にいよいよ決心しなければならない段階で、次官室に関係各局長、課長に集まってもらい、一人ずつ意見を言ってもらったのです。正直言って、あの時は内部でもいろいろ意見があったんです」

いろいろな意見がある中で、どう話を取りまとめたのか？「100％自由化しなければ、自由化ではないというようなことを言っていると、自由化はますます遅れてしまうし、日本は何をグズグズしているのかと言われるから、この際ともかく一歩前進することが大事。共存共栄という旗印を立てて、フィフティ・フィフティで合弁を認めるということになれば、これは資本自由化と言っていいのではないか、という結論を出して決定したのです」

日本が明治維新を経て、近代国家の仲間入りをするときが『第一の開国』とすれば、1967年（昭和42年）の第一次資本自由化のときは、『第二の開国』といわれ、議論が沸騰。その中を諸般の情勢を鑑みて、外資と国内資本の50対50という合弁方式を打ち出したという山本ら通産省関係者の知恵である。

1967年は日本の輸出額が100億ドルを超え、エポックメーキングな年であった。その頃、GATT（関税及び貿易に関する一般協定）を舞台に、1964年5月から1967年6月までの3年間にわたり、米国のリーダーシップの下で開かれた『ケネディ・ラウンド』の交渉。これは多くの国々がスイス・ジュネーブに集まり、通商拡大のため関税を引き下げる方向で話し合うというもので、当時の山本通産次官も政府代表で参加。

外交は本来、外務省の担当だが、こうした経済外交に通産省が本格的に関わるようになったのも、この時が最初である。

国際化時代に対応して産業再編成も進んだ。1968年（昭和43年）3月21日には旧王子系3社（王子製紙、本州製紙、十條製紙）の合併契約の調印が行われ（結果的に実現せず）、4月17日には八幡製鉄、富士製鉄合併へ向けての合意が発表された。

国際競争力を付けるための産業再編機運が高まったのもこの頃である。

中小企業育成が絡んだ自動車の資本自由化

年率10％を超える高成長が4年連続で続いた『いざなぎ景気』（1965年＝昭和40年11月から1970年7月までの57カ月）。

この間の1968年（昭和43年）5月から、翌1969年11月まで次官を務めたのは、熊谷典文（退官後、住友金属工業の社長、会長などを歴任）。

1967年の第一次資本自由化に続いて、1969年（昭和44年）3月には第二次資本自由化措置が取られる。同年10月には、自動車の資本自由化を『2年後の1971年（昭和46年）10月から実施する』方針が決定された。

この前段階で、〝50対50の資本自由化原則〟が決められたのだが、このとき熊谷は企業局長として、この原則構築を実務面で切り盛りした。

この原則を決める際も、先述した通り、通産省にもいろいろな意見があった。資本自由化というのなら、『100％自由化』でなければ、真の自由化とは言えないというのが、海外勤務体験のある国際派の若手官僚の意見。

実際に海外で勤務し、海外資本の偉大さ、技術の偉大さ、そして経営のやり方を見聞きしており、外資がそのまま入ってきたら「日本の産業はひとたまりもない」と考えたのである。

当時は、省内の国際派が資本自由化・貿易自由化の反対派、保護主義者で、国内派が自由化賛成という皮肉な現象だった。

そうした論議が沸騰する中、通産省は『50対50の資本自由化原則』を打ち出した。政府内でも、大蔵省（現・財務省）では、「本当の自由化ではないのではないか」という声が強かったし、金融・証券界でも「中途半端だ」という意見が聞かれた。

こうした中、企業局長・熊谷は問題担当の責任者として、通産行政に影響力のあった有沢広巳、土屋清といった有識者を説得して回った。その説得する名分は何だったのか？

「当時の若手の議論の中には、１００％でなければ真の資本自由化とは言えないという信条みたいなものもあったわけです。しかし、米国の資本自由化はそうかもしれないが、海外に行って事業をする場合、１００％の自由化が本当に正しいのかどうか。むしろ、向こうとの合弁で50対50で仲良くやるということができれば、それが正しい方向ではないか。ということで、ある程度訓練してその後で１００％自由化に行こうということで、50対50の自由化を打ち出したのです」

熊谷は、小長との対談で、議論をまとめあげていった時の経緯をこう語っている。

資本自由化は、反対論者には「外に出るのは自由化だが、入ってくるのは一歩も許さないという一方通行の論理がどこまで通用するか。もはやそんな時代ではない」という論理で熊谷は説得していった。

1969年（昭和44年）の自動車の資本自由化は、第一次資本自由化より約2年遅れたわけだが、これも自由化になったら当時の米国のビッグスリー（GM、フォード、クライスラー）に日本勢はあっという間に席巻されてしまうという不安が国内の関係者にはあった。

しかし、より本音は「本当は自動車の自由化をあれだけ遅らせたのは部品業界のためです」（熊谷）という点にあった。

自動車産業はアセンブリ（組み立て）産業であり、部品の裾野はものすごく広い。その裾野を担っているのは中小企業。この裾野が外資攻勢にさらされたら、社会的混乱を引き起こすという懸念が通産省内にあった。

産業の裾野の中小企業の国際競争力を付けていく——。自動車の資本自由化対策にはこうした狙いがあったと言っていい。

〝産業政策〟の英語圏への浸透

産業政策の役割とは何か。

1960年代から70年代への時代の変わり目に通産事務次官を務めたのが大慈弥嘉久。在任は1969年（昭和44年）11月から1971年6月まで（退官後はアラビア石油社長を務めた）。

大慈弥が次官に就任する頃は、5年続いた〝いざなぎ景気〟がそろそろ後退する局面。日本経済は成長した半面、公害問題が起き、消費者意識も高まって、一つの転換点を迎えようとしていた。そうした折、大慈弥が産業構造審議会の審議を経て策定したのが『1970年代の通産政策ビジョン』である。

産業政策も70年代に入る頃には、ただ単にモノの供給（生産）側の視点だけでは全体をカバーしきれなくなり、国民生活との調和という視点を取り入れようとしていた時期。消費者保護や公害対策も大事な政策として登場し始めていた。『1970年代の通産政策ビジョン』を考える上での基本原則として、大慈弥は『知識集約化』を掲げている。

その頃、先進国クラブとされるOECD（経済協力開発機構）の工業委員会が東京で開かれた。この委員会に出席した大慈弥は日本の産業政策について講演。

これは、歴史に残る名演説とされるもの。

産業政策（Industrial Policy）――。実は、米英など英語圏には、〝インダストリアル・ポリシー〟という言葉は、その頃まではなくて、フランス語にわずかに〝ポリティック・アンドストリアル〟という言葉があったという程度。この〝インダストリアル・ポリシー〟を英語圏にも浸透していくきっかけをつくったのが、大慈弥の講演だということは実に興味深い。

この辺りの経緯に対する小長の質問に対して、大慈弥は、「OECDの工業委員会が東京で開かれるにあたって、日本の産業政策について講演してほしいということになったんです。原稿は天谷君（直弘氏、後の通産審議官）以下、スタッフでつくっていただいて、わたしは分かりやすくするために手を入れただけなんですけれど——わたしは優しくすることだけがわたしの仕事だとよく言っていました——、産業政策という言葉が最初珍しかったためか、大変好評だったと思います。この講演はその後、OECD事務局から出版され、あちこちで引用されました」と述べている。

大慈弥は、情報処理、ソフトウェア産業の育成・発展に努めた他、企業局長時代には自身がIBMで講習を受けたり、米国の情報産業を見に行ったりしていた。

次官に就任すると、情報処理振興事業協会を設立し、日本の情報産業育成に貢献。

一方、日米通商摩擦のはしりともいうべき日米繊維交渉では、佐藤栄作政権の末期、通産事務次官として取りまとめに苦労。この交渉は、同政権下で田中角栄通産大臣、両角良彦事務次官の時に最終決着するが、「両国の文化の違い、意思決定システムの違いもやはり絡んでいて……」という大慈弥の述懐が印象的である。

交渉事は実に難しい。

政・官一体の危機対応

１９７０年代に入ると、世界での日本の存在感が高まる。それに伴い、米国から繊維輸出の自主規制を求められるなど通商摩擦を抱えこむようになった日本。１９７３年（昭和48年）には石油ショックも発生。

２年前の１９７１年（昭和46年）にはニクソン・ショックが起き、その後、日本は円の切り上げという方向で大きく揺さぶられていく。

この激動期に通産次官を務めたのが両角良彦。在任は１９７１年（昭和46年）６月から１９７３年７月まで（退官後は電源開発総裁を歴任）。この間、両角は宮沢喜一、田中角栄、中曽根康弘の３代の通産大臣に仕え、大臣と官僚が一体となって危機乗り切りに動いた。

１９７１年（昭和46年）８月、米ニクソン大統領は突如、新しい経済政策を発表。金とドルの交換停止に始まり、賃金・物価の凍結、10％の輸入課徴金を導入というもので、世界に激震を与え、ニクソン・ショックと呼ばれる政策の断行である。

戦後22年間、１ドル３６０円の固定レートでやってきたが、同年末にレートは３０８円に切り上げられ、１９７３年（昭和48年）２月変動相場制に移行。以来、円は切り上げの方向で市場での調整が続くことになる。

両角は、日本の国力が高まる中、「米国の対日貿易赤字について、われわれとしても配慮しなければならない緊急の課題」という意識をもって、「輸入課徴金でとられるよりも、日本側で何らかの対応策を講じようではないかと経団連あたりを中心に議論を詰めてもらったわけです」と語る。

形としては貿易管理令を活用し、「内容的には業界が自主的な輸出自粛を行うということに落ち着いた」という解決策。

両角は日米繊維交渉時、田中角栄通産大臣を補佐。小長の質問に次のように述べている。

「田中大臣が持ち前の勘の良さと度胸によって一刀両断に片づけられ、業界に対しても説得力のある対案を提示された」

省内は、いわば総動員態勢を取り、業界の根回し、ケネディ特使との交渉案の作成、政治決着した老朽機械買い上げ措置の具体化等々を行った。

このように、いくつかの危機に通産省はそれなりに迅速に対応してきたという歴史がある。

これについて、両角は「各現業官庁が続々として政策官庁に模様替えをされていると伺う度に、最も早く政策官庁に脱皮したのが通産省だったことは、通産省の後輩のために大いに喜ぶべきことだったと思うんですね」と述懐している。

石油危機による混乱解決へ向け、徹夜で対応

第四次中東戦争が勃発――。

1973年（昭和48年）10月6日、イスラエルがエジプト、シリアと戦火を交え、世界に緊張感が走った。その10日後、OPEC（石油輸出国機構）のサウジアラビアなど産油国6カ国が石油公示価格の21％引き上げに動き、併せて石油の生産制限を決定。いわゆる第一次石油ショックの発生である。石油価格はさらに70％引き上げられ、翌年1月にはさらに2倍に引き上げられた。

石油価格が短期間に4倍に引き上げられ、世界経済に深刻な影響を与えた。ことに石油の一大需要国である欧米の先進国経済に大変なショックを与えた。

経済の最前線では売り惜しみや買い占めの動きも出た。日本国内では原材料不足と価格高騰に見舞われ、合成洗剤やトイレットペーパーの品切れが相次いだ。これらの生活関連物資がスーパーなどの店頭から消え、国内はハチの巣を突いたような騒ぎになった。

日本経済は大混乱に陥った。

このような中、政府は通産省主導の石油需給適正化法と経済企画庁主導の国民生活安定緊

急措置法を緊急に立案し、両法案は1カ月を経ずに国会を通過、成立した。

時の田中角栄内閣は機敏に危機に対応したということだが、閣僚全員と各省の次官、自民党三役による政府与党懇談会は毎週開かれ、対策を考えていた。

この時、中曽根康弘通産大臣の下で、通産事務次官を務めたのが山下英明。在任は1973年（昭和48年）7月から1974年11月まで。退任後は三井物産で専務、副社長、副会長を務めた。

閣議直前に開かれる政府与党懇談会で、山下の前に座っていたのは愛知揆一大蔵大臣。「愛知大臣は会議の初めからうつむいておられて、顔は真っ赤でした。大臣が急逝されたのはその3日後だったと思いますけど、それほどにみな大変でしたし、当時、資源エネルギー庁の課長さんなどはみな徹夜続きだったと思います」。

1974年（昭和49年）に入って、最重要課題は物価の抑制。「中曽根大臣から各企業の社長に対し、『価格の据え置きを要請する』で結んである手紙を出した。核心は、もし値上げをする時は、通産省の事前承認を取るようにということです」

小長との対談で、山下は石油危機発生時の政府与党の緊張感、緊迫感ある日々を振り返りながら、通産省設置法に基づく行政指導による物価抑制策を述べた。

石油危機対応で奔走

「先例のない新しい時代を自ら切り拓いて進まなければいけない時代となった」と、次官就任時に記者会見で語った小松勇五郎。在任は1974年(昭和49年)11月から1976年7月まで(退官後は神戸製鋼所社長、会長を歴任)。

各国とも石油価格の上昇によるインフレの進行と景気後退に伴う失業の増加に悩んでいたが、日本経済についてはピークを過ぎて、景気は下降局面に入っている。小松は地方通産局の調査などを通じてそのことに気づき、河本敏夫通産大臣の下で景気対策を打ち出していく。

景気対策の中心に据えたのは住宅政策。建設省(現・国土交通省)との二人三脚でこれを進めた。「東洋から異人が一人飛び込んでいったような感じ」の第一回先進国首脳会議(通称・ランブイエ・サミット)が開かれたのはこの時期。小松は沖縄海洋博にも力を入れた。通産省発足25周年もこの時期であった。

石油ショックの後遺症が残っている中で、1976年(昭和51年)7月から1978年6月まで約2年間、次官を務めた和田敏信(退官後は石油公団総裁、石油資源開発社長、会長を歴任)。

第一次石油ショックの後、日本経済は1974年にマイナス成長となったが、その後2年はうまく対応し、危機を乗り切ろうとしていた。

さらに「持続的な成長を図るには、対外経済循環が円滑にいかねばならない。つまり、マーケット、資源、エネルギーの三本柱が必要で、どれか一つ欠けても日本経済は危なくなる」というのが和田の考え方だった。

そこで、通産省は1977年（昭和52年）総合エネルギー対策推進本部を設置し、和田が推進本部長に就任。石油の量的確保、供給ソースの多角化、代替エネルギーの開発、新エネルギーの技術開発備蓄などに取り組んだ。また、財源対策として、石油税が創設された。

さらに「エネルギー省」設置構想での和田のリーダーシップぶりは既述の通りである。

構造不況の産業対策を実行するなど、和田次官時代は危機対応の時代であった。

資源小国の克服へ

石油ショック後の構造不況、特に円高で地域経済の中心、中小企業が疲弊していることに対応しようと踏ん張ったのが、濃野滋。在任は1978年（昭和53年）6月から1980年1月まで（退官後は川崎製鉄＝ＪＦＥホールディングス副社長、副会長を歴任）。

特定不況産業安定臨時措置法と特定不況地域中小企業対策臨時措置法の実施を手掛け、対策を打っていった。

併せて、日米通商で論議の対象となった貿易黒字減らしも実施。濃縮ウランの緊急輸入、石油の洋上備蓄、航空機リースと、次々と河本通産大臣の下で新しいアイデアを出し、国難を乗り切っていく。「河本大臣自身が斬新なアイデアをお持ちだったし、通産省にもアイデアマンがたくさんいるものだと改めて思いました」と濃野は小長との対談で述懐。

1979年（昭和54年）秋のイラン政変から始まった第二次石油ショックへの対応については、「第一次オイルショック時の全省挙げての経験によって、先手で手を打てる体制、仕組み、ノウハウを持っていたのでうまくいった」と濃野は語る。

この年に開かれた東京サミット（第五回先進国首脳会議）は、エネルギーサミットとも言われたが、原油枠の割り当てが問題となった。

このような激動の時期、1979年（昭和54年）8月に通産省は『80年代通商産業政策ビジョン』を出す。ここで『資源小国の克服』、『経済大国としての国際的責務』、そして『活力とゆとりの両立』という新しい国家目標を掲げている。

フロンティアに挑戦する意気込みを示している。

第五章

たゆまぬ挑戦

通産省の後輩へ、『梅型人生』のすすめ

時代の変化の中をどう生き抜くか――。人生に試練はつきもの。試練や課題に直面した時、それとどう向き合って生きていくかという命題に、小長は『梅型人生』を挙げる。寒空に白い花を咲かせる梅の花。風雪に耐えながら、蕾を育て、清楚な花を咲かせる梅に古来、先人は人生を重ねてきた。小長は、「百花に先んじて春を告げる先見性、厳しい風雪に耐える辛抱、剪定の後に立派な花が咲く。つまり切っても立ち上がるバイタリティ。そして最後は梅干しとなって、世のため、人のためになる」と〝梅の四つの生きざま〟を語る。通産事務次官を退任するまで33年間の役人生活、アラビア石油社長、そして、現在は若い世代の人材育成に勤しむ小長の人生観とは。

なぜ、『梅型人生』か？

新しい元号『令和』の時代が始まった。

『初春の令月にして
気淑く風和ぎ
梅は鏡前の粉を披き
蘭は珮後の香を薫す』

『令和』は万葉集の梅花を詠む歌から採用されたもので、その音の響きにも気品があり、かつ穏やかで２０１９年（平成31年）４月、政府から発表された時も国民の多くから好意をもって受け入れられた。

小長はこの「梅」についても長い間、仕事をしていく上で独自の思いをもって生きてきた。

下積み時代の生き方も含めて、小長は『梅型人生』の大切さを周囲の人や部下に説いていた。小長が、『梅型人生』という言葉をよく使うようになったのは１９８２年（昭和57年）

10月、産業政策局長に就任した前後。同局長に就任したのは51歳の時で、この頃、省内の若手の結婚の仲人を頼まれることが多くなった。

引き受けた仲人数は十数組。また、他の結婚披露宴に呼ばれることも多く、この時のスピーチに『梅型人生のすすめ』を使ったのである。

梅の花には四つの特徴が

『梅型人生』——。小長によると、梅の花には四つの特徴があるという。

まず、最初に『百花に先んじて春を告げる先見性』である。

「周囲の木々がまだ枝ばかりの時期に寒気をついて咲く花。その梅の花は人に春の到来を真っ先に告げてくれます」

小長は咲き方についても「極寒の中でジリジリ開花の準備をし、太陽のかすかな温もりを感知して、蕾を膨らませ、静かに咲いていく」と情感豊かに語る。

梅の花を見上げれば、寒天を背景に蕾がブルブルと周りの空気を震わせながら、静かに花びらを広げていく情景が浮かんでくるようだ。

梅の第二の特徴は『厳しい風雪に耐える辛抱』である。

「ええ。花が咲くまでは、風雪厳しく、人目につくこともない。われわれがフロンティアに挑戦している姿と相通じるものがある」ということである。

フロンティア（新領域）の開拓に向かうことは、様々な試練を伴う。しかし、そうした風雪を耐え抜いてこそ、人も社会も進歩し、成長していけるのだということである。

第三に、昔から「桜切るバカ、梅切らぬバカ」と言われる通り、梅は『剪定をよくしておけば、立派な花が咲く』し、剪定で切られても立ち上がるバイタリティを梅が持っているということである。

「はい。梅は剪定を上手にすればするほど、勢いの良い若枝が出てきて、次の年に見事な花を咲かせると言います」

小長は1981年（昭和56年）6月、大臣官房長となり、前述のように82年10月に産業政策局長に就任する。

事務次官の女房役とされる官房長と産業政策のとりまとめ役である産業政策局長を務めた3年間は、まさに日本の転換期であった。

戦後の発展を支えた重化学工業中心の産業構造から、ファインセラミックスやバイオテクノロジー、新機能素子などの新領域の事業創造へ、日本の産業界が向かおうとしていた。

『重厚長大』から『軽薄短小』へ――という掛け声が高まろうとする時期。

通産省内でも、新産業政策の花を咲かせようと、各部署で懸命な努力が続けられていた。

「これも、壁にぶつかり、お互いに切磋琢磨しながら困難を乗り切ろうと頑張っている通産省の俊秀——今日の披露宴の新郎の生きざまにも似ているということで、梅の剪定の話をしたわけです」と、小長は振り返る。

そうやって花を咲かせる梅の木だが、最後は『「梅干し」となって、世のため、人のためになる』という〝落ち〟で、小長のスピーチは締めくくられる。

古来、梅干しは日本の食生活に欠かせないと言っていいくらい、食卓で親しまれてきた。花から実となり、最後は梅干しとなって人々の健康を支える。

「梅の実は梅干しとなって、世のため、人のためになる。われわれは行政を通じて、生涯、世のため、人のために尽くす。文字通り、役に立つ人間だから役人と言うのです（笑）。わたしは梅型人生をはなむけの言葉として捧げたいと思いますと、結婚披露宴でよく使わせていただきました」という小長の『梅型人生論』である。

ソニーのCDが発売され、夜の街では『北酒場』が……

１９８２年（昭和57年）は東北・上越新幹線が開通し、新しいテクノロジー・科学ブームが巻き起ころうとしていた。ソニーが世界初のＣＤプレイヤーを開発して発売、音楽界も隆盛の時を迎えようとしていた。

その頃のヒット曲には、『待つわ』(あみん)や『北酒場』(細川たかし)などがある。

また、時代の転換期ということか、堺屋太一の著書『峠の群像』がよく読まれていた時期。

『峠の群像』は、江戸元禄期の世の中が大きく変化しようとする時に起きた赤穂藩城主・浅野内匠頭による江戸城内の刃傷事件。その事件をきっかけに、身の上が暗転した赤穂浪士の生きざまを描いたドラマ。

この頃のベストセラーでは、『窓ぎわのトットちゃん』(黒柳徹子著)や『積木くずし』(穂積隆信著)など、生き方を見つめ直す著作も話題を呼んだ。

『七つの大切』とは

小長は新しい時代を切り拓くための構想力の大事さを説き、そのためには決断力と実行力が必要とし、最後はやはり人間力が物事の成否を決めるという価値観、人生観を、長い役人生活の中で醸成してきた。

そして、日々の生き方・働き方の中で『七つの大切』を身上にしてきた。

では、その『七つの大切』を紹介しよう。

まず一番目は、『身体を鍛え、大事にしよう』。

「健全な精神は健全な身体に宿る、ということです」。官庁の場合だと、予算期になると、立法作業や新政策づくりのシーズンになる。それから2～3カ月間は徹夜作業のこともある。

これも、「世のため、人のため」という思いで役人になり、思い切り仕事をしたいという使命感があってのこと。

しかし、使命感だけでは体はもたないし、徹夜が続けば健康を害する。

そういうことで、小長は若い頃、一計を案じた。『胃袋を大切にしよう』という運動だ。「わたしが一番末席の事務官をやっていた頃、先輩方の注文取りをして、午後6時に弁当や丼が食べられるように手配をするようにしたんです」と小長。

ただ、中には〝抵抗〟する者もいた。「毎晩2時、3時まで仕事をしているのに、奥さんが夕食をつくってくれているというので、帰宅後にご飯を食べるというわけですよ。それでは健康に差し支える。そこで午後6時には庁舎で夕食をとるということにしたのです」

今なら、過労死するといわれるほどの勤務時間だったが、事の当否は別として、それほど懸命に働いたのはなぜか？

「わたしたちの先輩には、仲間を戦争で亡くした厳しい体験を持つ人もいましてね。だから、亡くなった仲間の分も働いて、お国を再建しなければという強い思いがありました」と小長は述懐する。

『二つ目の大切』は、与えられたポストに全力投球するということ。ポストの不満を絶対に言わず、〝仕事を始めれば都〟の心境で、そのポストで生き甲斐を見出だしていくことが大事。

『三つ目』は、全体の和を考えること。威張ることはない、積極的に下積みの苦労を買って出る、年上の人に敬意を払うということ。そして、仕事は一人ではできないし、〝みんなの協力〟という土壌の上に花が咲くという考えが大事である。

『四つ目』は、バランス感覚と決断力が大事だということ。常に、〝もし自分が最終責任者であったら〟と考える。「〝決断と実行の人〟田中角栄元総理の仕事ぶりは片時も忘れない」と小長は語る。

『五つ目』は、自分の言動に責任を持つこと。小さな約束事も決して反故にはしない。

『六つ目』は、『自分を謙虚にみつめよう』。〝公僕であることを忘れるな〟であり、民間の偉い人たちはわれわれの〝ポスト〟に頭を下げているのだ。相手の言うことにはよく耳を傾けようということ。

『七つ目』は、知識を広く、世界に求めようということ。そのためには志とアンテナを高く持つことが大事。日々研鑽に努めようということである。

田中首相が説く『五つの大切、十の反省』

こうした人生観、勤労観を小長は役人生活、そして民間企業（アラビア石油）に転じた後の経営者生活、さらには弁護士として活動する中で培ってきた。『梅型人生』や『七つの大切』という価値観にそれらは昇華されていったわけだが、これまでの人生を振り返って、「かつて秘書官として仕えた田中元首相の生きざまに啓発された部分が大きい」と小長は述懐する。

首相秘書官時代、小長は東京・文京区の椿山荘で開かれた「田中総理を励ます新潟県人の集い」に顔を出した。１９７４年（昭和49年）５月13日のことであった。

郷土が輩出した田中首相を一目見ようと、多くの新潟県出身者が参加しており、会場は熱気に包まれていた。

田中首相はこれからの日本の進路やエネルギーの確保、安全保障など、国の基本方向についても語り、また、義務教育下における子供たちの生活規範にまで話をかみ砕いて、出席者に自分の思いを伝えた。

その時、田中首相は『五つの大切、十の反省』を説いた。

『五つの大切』とは、①人間を大切にしよう、②自然を大切にしよう、③時間を大切にしよう、④物を大切にしよう、そして⑤国・社会を大切にしよう——と訴えたのである。

そして『十の反省』については、①友達と仲良くしただろうか、②お年寄りに親切だっただろうか、③生き物や草花を大事にしただろうか、④約束を守っただろうか、⑤弱い者いじめをしなかっただろうか、⑥交通ルールを守っただろうか、⑦親や先生など人の意見を聞いただろうか、⑧食べ物の好き嫌いは言わなかっただろうか、⑨人に迷惑をかけなかっただろうか、⑩正しいことに勇気をもって行動しただろうか——という反省である。

子供たちにまで分かりやすいような話を首相がする中で、会場に詰め掛けた関係者が首相の話をじっと聴いている姿が印象的であった。

この話を聞いていた小長に〝正しいことを勇気をもって〟というところが、ずっと心に残っている。

この首相の話にヒントを得て『七つの大切』という文章をまとめた。これらのことを今、自らの経験をも交えながら、若い世代に語り継ぐ小長である。

『財界の鞍馬天狗』中山素平との交流

通商産業省（現・経済産業省）に在籍すること33年。事務次官を2年間務めたのを最後に1986年（昭和61年）6月、小長は同省を退官。その後、顧問として入ったのが日本興業銀行（現みずほフィナンシャルグループ）。興銀には、資源派財界人として知られる中山素平（元頭取・会長）がおり、〝日本の針路〟について2人はよく話しこんだ。中山が中心になって、第一次石油危機時（1973年）に設立した中東協力センター。そして、国際社会の成長・発展に貢献する人材育成を図る大学院大学・国際大学も、中山が政・官・財のスクラムの音頭を取って設立。〝財界の鞍馬天狗〟と言われた中山との交流で小長が掴んだものとは——。

石油危機に対して政・官・財が一致して

無資源国・日本の命題——。

国の経済発展に欠かせないのが資源エネルギー。これは今も昔も変わらない。日本はいかにして海外から、また多角的に資源を調達してくるかという国家的命題を抱えている。

そのことを痛感させられたのは、1973年(昭和48年)の第一次石油危機。世界の火薬庫とされるシナイ半島でイスラエルとエジプト、シリアが開戦したのを契機に石油価格が急騰する。

サウジアラビアなど中東産油国が参加するOPEC(石油輸出国機構)も欧米の石油メジャーから石油の価格支配権を奪取する好機として、原油値上げに動いた。石油価格は約4倍に跳ね上がり、インフレを加速させるなど、世界経済は大混乱に陥ったのである。

日本も洗剤やトイレットペーパーなど、生活必需品がモノ不足と価格暴騰に見舞われ、一時は日本全体が大パニックに陥った。

田中角栄内閣は経済安定と秩序回復へ向け、田中首相が先頭に立って国民生活安定のための法制定へ動いた。また、並行して、いわゆる資源外交に力を入れた。

この時、民間で資源派財界人として動いたのが中山素平(日本興業銀行=現・みずほフィナンシャルグループ＝元会長、経済同友会終身代表幹事）をはじめ、今里広記（日本精工元社長・会長）、松根宗一（アラスカ石油開発元会長）といった人たち。

田中首相の欧州訪問時の先頭役は、これら資源派財界人と元通産事務次官の両角良彦（退官後、電源開発総裁などを歴任）らが務めた。

小長も首相秘書官時代に、資源派財界人との面識を得ていたし、日本興業銀行（現みずほフィナンシャルグループ）顧問になってからも、中山とはよく意見交換した。

「中山さんとは同じフロアで時々昼飯にも誘ってもらったりしましてね。それから部屋が近いものですから、すぐ部屋をのぞいて話を伺ったりしていたんですが、やはり共通の話題は田中さんでしたね。それが一番話に花が咲くわけですよ」

中山の行動力、調整力

中山素平は１９６１年（昭和36年）から、産業金融の雄・興銀の頭取を7年務め、会長を１９６８年から2年務めただけで相談役に退いた。

その引き際の潔さから人望も厚く、財界での存在感も重いものがあった。

その中山が頭取時代に体験した旧山一證券支援問題で一番思い出されるのは、「田中角栄大蔵大臣との会合だった」というのである。

先（1964年＝昭和39年）の東京五輪後、日本経済は不況に見舞われた。〝昭和40年不況〟と言われる景気後退局面である。

この時、製造業では山陽特殊製鋼が倒産し、会社更生法の適用を申請。証券・金融界では、山一證券が経営破綻の淵にあった。4大証券の一角、山一證券が倒産ということになれば、日本経済全体への影響も大きい。

この問題にどう対応していくか。1965年（昭和40年）5月28日夕刻、東京・港区の日本銀行氷川寮に関係者が密かに集まった。

大蔵省（現・財務省）からは、事務次官・佐藤一郎、銀行局長・高橋俊英、そして日銀から副総裁・佐々木直という顔ぶれ。民間からは三菱銀行頭取・田実渉、富士銀行頭取・岩佐凱実、そして興銀頭取の中山が集まった。

文字通り、鳩首協議となったが、これといった結論が出ず、膠着状態になっていた。午後9時頃になって蔵相の田中角栄が到着。田中は、事務方から経過説明を聞いてから、民間銀行の救済融資は難しいとの3人の頭取の判断を確認。

その上で、もし山一證券が倒産ということになれば、連鎖倒産が出るのは必至。それを防ぐ緊急措置として、日銀法25条に基づく特別融資を行うことを決断したのである。

日銀特融。その夜の記者会見で、田中大臣は、「山一證券に日銀特融を無担保で無制限に行う」と述べた。

この時の異例の措置で山一證券は危機を脱し、結果的に証券界のみならず、日本の産業界全体が救われたと言っていい。

「全ての責任を政治家・田中角栄がかぶるという決断です。この決断力があったからこそ、あの時の証券不況は救われた」と、中山は小長との話し合いの中で何度も回顧するのだった。

さらには八幡製鉄と富士製鉄が合併して新日本製鐵（現・日本製鉄）を誕生させようという話が持ち上がった時も、中山の行動力、調整力がいかんなく発揮された。

両社の合併問題は１９６８年（昭和43年）４月17日、毎日新聞と日刊工業新聞のスクープにより表面化した。

実はこの段階では、八幡製鉄社長の稲山嘉寛と富士製鉄社長の永野重雄との間で、合併に向けての方向感覚は一致していたものの、両社内のコンセンサスはまだ得られていなかった。当然、通産省や公正取引委員会、そして金融機関などへの根回しは行われていなかった。

反響が広がる中、両社は５月１日の共同記者会見で、１９６９年（昭和44年）４月１日を目標に合併すると正式に発表。

この時、通産省は「鉄鋼業における過当競争は、このまま見過ごすことはできない。結局、競争者の数を減らすことしかないのではないか」という立場であった。

中山素平・元日本興業銀行会長

前述した小長と通産事務次官ＯＢとの一連の対談で、この合併問題を担当した熊谷典文は「親類同士は別れると余計競争する。他の企業も迷惑する。従って合併には賛成。しかも大きいものが合併すれば、優秀な競争相手との関係で必ずシェアが落ちるので独占禁止法学者が指摘するような心配はない。過当競争が無くなり、有効競争が始まる」と述べている。

金融機関で真っ先に相談を受けたのは中山であった。鉄の設備増強競争などに危機感を抱いていた中山は、合併構想を積極的に支援する立場を表明した。

公取委は一社の市場シェアの上限は30％であるという基本原則を盾に、個別の商品、例えば、鉄道用レールなど4品目を例に挙げて問題視した。

これらの個別品目は市場シェアが80～90％を占めているとして、本件は独禁法違反だという認識から、両社に対し、１９６９年（昭和44年）５月に合併について停止勧告を、同時に東京高裁に対し、合併の緊急停止処分の申し立てを行った。

中山は、小長に当時を淡々と振り返っていた。

「公取委の反対をどう調整していくかが最大の難問であった。わたしなりにいろいろ根回しをしたが、最終局面で大平正芳通産大臣と山田精一公取委員長とのトップ会談をセットして、何とか合併実現への道筋をつけることができた」

その行動力はまさに神出鬼没であり、だからこそ、中山は『財界の鞍馬天狗』と呼ばれた。

国の一大事に総理大臣が先頭に立って

政・官・財が一体となって動く――。田中内閣が資源外交を展開する時、政・官・財の強力なスクラムができた。

「中山さんを筆頭に今里さんや松根さんなど、資源派財界人が田中首相の訪欧に先立ち、フランスやイギリスを訪ね、現地の首脳や関係者たちと会ってつかんだ情報を、田中首相にインプットするわけですね。わたしは首相秘書官としてそのような場所に立ち会っていました」

第一次石油危機時に首相をつとめた田中角栄を、どう中山は評価していたのか？

「日本のように資源の無い国で、しかも、石油利権の網がもう張り巡らされている中で、日本に何とか利権を持ってくるためには、やはり一国の総理大臣が先頭に立って、岩盤に穴をあけることが必要なんだと。それを身をもってやったのが田中さんだという評価でした。客観的に、資源外交とマスコミが表現しているけれども、要は国のトップとしての使命感、行動力が問われていたんだというのが、中山さんの認識でした」と小長。

そうしたエネルギーへの危機意識が中山をして、『中東協力センター』設立へと動かしていく。

「まさに第一次石油危機の時の1973年（昭和48年）に中東協力センターができた。これのプロモーターは中山さんです。当時のJETRO（現・日本貿易振興機構）理事長の原吉平さん、それから新日鉄社長の平井富三郎さん、経団連のエネルギー政策担当の松根宗一さん、当時のアラビア石油社長の水野惣平さんといった人たちが発起人となって後押しした」

産油国との関係も、ただ単に相手から石油供給を受けるだけでなく、先方の産業振興に協力する相互補完関係を構築しようという動きが生まれてきた。

現に三菱商事や三菱化成工業（現・三菱ケミカルホールディングス）や三菱油化（同）を

中心にした三菱グループが、サウジアラビアのアルジュベール地区に石油化学コンビナートをつくることを決めた。また、三菱ガス化学がメタノールプロジェクトを同地区で起こすなど、幾つかのプロジェクトが実っていった。

そして、1973年（昭和48年）11月、経団連（経済団体連合会）、日商（日本商工会議所）、経済同友会、そして関西経済連合会の四つの経済団体が中心となって、『エネルギー総合推進委員会』（エネ総）という組織が結成された。

第四次中東戦争が勃発し、石油価格が4倍に跳ね上がり、資源エネルギー価格の高騰でインフレとなり、資材不足、モノ不足を招き、日本経済は大混乱に陥った。

こうした経済危機に際して、日本の経済リーダーたちも政府と一体となって、危機を克服しようと行動した。文字通り、政・官・民が心を一つにして、危機に立ち向かったのである。

資源派財界人の中山は、このエネ総の委員長に就任。エネ総は、エネルギー危機時の産業界の司令塔となり、やるべきことを次々と打ち出していった。

例えば、モノ不足に便乗しての製品値上げは自粛しようという呼びかけで、人心の安定を図ろうと実践していった。

また、石油のメジャー依存を改め、供給源の多様化、脱中東に取り組んでいったのもこの時期。そして、エネルギーの自主開発、これは原子力発電を含めて、そうした自力での開発を推進していこうと、あらゆる知恵を振り絞り、新しい仕組みづくりに邁進していったのである。

国際大学の設立でも連携

中山が田中元首相との連携で大きくかかわったのが、日本初の大学院大学・国際大学（本部＝新潟・浦佐）の設立である。

学校法人国際大学は1982年（昭和57年）に開学。国際社会の成長発展に貢献する国際人を育てる目的で設立された。

国際関係学、国際開発学、公共経済学などを教える専門大学院の草分け的な存在。キャンパス内では英語を公用語とし、講義も英語で行われる。

世界各国から派遣されてきた政府職員や企業関係者が講師となり、外国人留学生も半分を占める。

大学設立の際、また開学した後の必要な資金確保に中山は奔走。産業界もその負担を共有しようと前向きに動いた。

国際大学の発起人は中山を中心に、土光敏夫（経団連第四代会長、東芝元会長）、永野重

雄（日本商工会議所第十三代会頭、新日本製鐵＝現・日本製鉄＝元会長）、水上達三（経済同友会元代表幹事、三井物産元会長）、佐々木直（日本銀行第二十二代総裁、経済同友会元代表幹事）といった経済人が顔を並べた。

現在は槍田松瑩（三井物産元会長）が理事長を務め、国際大学の教育・研究体制をさらに充実し、地球規模での課題解決や未来の創造に貢献するべく、大学運営を行っている。

キャンパスがあるのは、現在は新潟県南魚沼市国際町という表記だが、『浦佐』といった方が分かりやすい。

コシヒカリで有名な水田地帯だが、上越新幹線にも「浦佐」という駅があり、新幹線が停車する駅としても有名になった。ここから国際社会へ向けて情報発信する国際大学の存在意義は大きい。

中山の身の処し方に学んだものとは

中山自身も戦後の幾つかの変革期に遭遇。

敗戦後すぐには、進駐してきたＧＨＱ（連合国軍最高司令官総司令部）から、興銀不要論まで持ち出された。

戦前、興銀は軍需産業への融資が大半を占めており、戦争の協力銀行と見なされていた。

戦前も戦後も興銀は産業金融の雄という位置づけが変わらずにやってきたが、この時のGHQは、銀行業務を続けたいのならば普通銀行に転換しろ、というものだった。

預金者から預金を集めて、それを企業や個人に融資する普通の商業銀行ならすでに存在しているし、数も多い。今更そうした既存の銀行と同じ業務を手掛けても存在意義は出てこない。では、どう考えたのか？

「債券発行銀行という形態を選択されるんですね。都銀や地銀などに、興銀が発行する債券を買ってもらって資金を調達。そうして得た資金を産業振興のために融資していくということですね。その時、自分は随分若かったけれども、この危機は何とかしないといけないと頑張ったんだと言っておられました」

その努力は、1952年（昭和27年）に長期信用銀行法の制定につながった。

また、1951年（昭和26年）には、全額政府出資の日本開発銀行（現在の日本政策投資銀行）が設立される。初代総裁には、小林中が就任。小林は東急電鉄社長、日本航空会長、そしてアラビア石油会長などを歴任した財界の大物。

経済リーダーとしての実力、実績でいえば、中山は副総裁という立場がふさわしいとして誰もが思っていたわけだが、そこは自薦、他薦が入り乱れてそうはならなかった。

一萬田尚登・日銀総裁が、日銀から副総裁を出すとしており、それから筆頭理事は大蔵省

（現・財務省）出身者が務めることになった。

「ええ。結果的に中山さんは2階級引き下げられるみたいな位置づけだった。しかし、ポストが上がろうが下がろうが、それは全く問題じゃないと。長期信用の金融が軌道に乗ればいいんだという信念でもって対応したというお話を聞かせていただきました」と小長は述懐。

時代の変革期に、リーダーはどう対応していくかという命題。要は、自らの使命にどう誠実に対応していくかということである。

興銀顧問として、いろいろ新しい経験を積んできた小長であったが、ある時、通産省の先輩で当時、アラビア石油相談役であった大慈弥嘉久（元通産事務次官）から「アラ石に来ないか」という勧誘を受けた。

アラビア石油入社後、湾岸危機が勃発

日本興業銀行顧問を経て、1989年（平成元年）3月、小長はアラビア石油顧問になり、翌年6月副社長に就任。それから間もない8月2日、湾岸危機が勃発。イラク軍が隣国クウェートに侵攻して同国を占拠、ペルシャ湾岸周辺のみならず世界に激震が走った。クウェートとサウジアラビアの中間地帯にあるアラ石のカフジ鉱業所では、日本人従業員約130人を含む約1800人が働いていた。この湾岸危機勃発で石油の需給が逼迫。当時、世界最大の石油輸入国・米国は盟友・サウジに増産を要請、同時に多国籍軍を結成して、イラク反撃の態勢を整え始めた。クウェート国境からわずか18キロ南に位置するアラ石の生産現場は、従業員の安全をどう確保するかという問題に直面。その時、小長の取った行動とは――。

アラビア石油に入ってすぐ湾岸危機が勃発

「アラビア石油に入って1年半足らずで湾岸危機が勃発。クウェートを占領したイラク軍のサウジアラビアへの侵攻がいつ始まるのかという緊張がたかまる中、カフジ鉱業所の操業をどうするのか、何より現地で働く社員の安全をどう確保するかと差し迫った問題を抱えるにいたりました」

1990年（平成2年）8月2日、イラク軍は隣国クウェートに電撃侵攻し、あっという間に占領下に置いた。その発生当時を、小長はこう振り返る。

イラク軍のクウェート侵攻は世界でも有数の産油国が集中するペルシャ湾岸で起きた大事件だけに、世界中を震撼させた。

クウェートを瞬く間に席巻したイラク軍はさらに南へ侵攻するとの観測が強まり、日本政府は同地域に在留する邦人に対して退避勧奨を発動。クウェート国境に近いカフジ鉱業所内でも不安がたかまっていた。

日本の留守家族からは、「社員の命を守れ。早く夫や息子を帰国させろ」と、東京のアラ石本社に要求が相次いだ。

当時、カフジ鉱業所で働く従業員は約1800人。うち日本人は約130人。帯同する家

サウジアラビアとクウェート国境からわずか18キロ南に位置するアラビア石油カフジ鉱業所

族は約40人。現地には日本人学校もあり、そこに通う子弟もいた。

女性や子供など家族は危機発生4日後に日本へ帰国させたものの、日本人従業員約130人は残留。そして、「いつ砲弾が飛んでくるか分からない」という恐怖の中、操業を続けた。

この間、カフジ鉱業所をどうするかという重要課題に、本社は会議を重ねていた。

会社始まって以来最大の危機に接して、対処すべき重要事項はただ二つ。

先ず第一は、この危機時にサウジアラビア政府はサウジアラムコ社に石油大増産を命じており、当然アラビア石油もこれに準じて操業継続を要求された。

第二にもっと大事なことは、外務省から退

避勧奨が出ている状況下で、現地従業員の生命・安全をどう確保するかという命題である。

湾岸危機の勃発直後、国連はイラクからの原油輸入禁止（embargo）の制裁決議に踏み切った。

クウェート原油は、イラク軍の占領と同時に生産停止に追い込まれ、イラク・クウェート両国合わせ、OPEC（石油輸出国機構）の全生産量の約2割の原油が世界市場から消滅した結果、原油価格は高騰した。

米国は、サウジアラビアの安全を約束する代わりに、世界最大の生産能力を誇るサウジに原油の大増産を要請。サウジ政府はこれを受け入れていた。

クウェートとサウジ両国国境の旧中立地帯に位置するカフジ鉱業所はこうした枠組みの中で、操業継続をせざるを得ない状況にあった。

山下太郎以来のサウジ政府との関係の中で……

アラビア石油にはサウジ政府と連携を取らざるを得ない歴史的経緯があった。

1960年（昭和35年）、稀代の実業家で『アラビア太郎』の異名をとった山下太郎がカフジ油田での石油開発権益をサウジ政府から獲得。試掘の結果、大油田を掘り当てた。

この快挙に日本は沸いた。無資源国・日本が石油メジャーに頼らず、自力で油田を開発し、日本に持ち込んでくる『日の丸原油』を実現させたのだ。

カフジ油田での採掘成功は国内産業界を元気づけた。

この湾岸危機時に、原油価格大暴騰による世界経済の混乱を未然に防ぐためにもと、サウジ政府は原油の大増産に立ち向かう。その主役は、世界最大の産油会社で同国の国営企業・サウジアラムコである。

アラ石の生産能力は、サウジアラムコの20分の1の規模だが、緊急時の大増産枠組みの中に組み込まれたということ。これがサウジ政府から、カフジ鉱業所の操業継続を〝厳命〟されていた理由である。

とはいえ、イラク軍はクウェート国境まで進出しており、いつ侵攻が始まるかわからない。現地で働く従業員たちの緊張と恐怖は筆舌に尽くせないほどだったであろう。

東京の本社では緊急対策本部を設置

カフジ鉱業所で働く約1800人の従業員の中には、クウェート人が約1割いた。毎日車で通勤していた者の中には、音信不通で生死不明となった者もいた。

カフジの社宅に住むクウェート人も平静な精神状態でいられるはずがなかったし、サウジ人も安全な地区へ退避したいと訴え、ただちに家族を遠隔地へ疎開させた者も多かった。

カフジから南へ250キロメートルのアルジュベール工業団地では、三菱グループの石油化学事業2社が操業していたが、同グループの日本人従業員は、日本政府の退避勧奨に従って、安全圏を目指して退避したという情報が流れた。

また、サウジアラムコはカフジから300キロメートル南に拠点を持ち、操業中だったが、そこの英国人スタッフが、「今日、本国へ引き揚げるが、日本人はまだ逃げないのか」とカフジの関係者に連絡してくるなど、動揺はあちこちで起きていた。

危機的混沌の状況下、アラビア石油本社では、江口裕通社長の指揮の下、内外情報の収集、カフジの緊急時対応などを検討。その一環として緊急対策本部が設置され、副社長の小長が本部長に指名された。

8月10日、第1回の緊急対策本部会合では、①段階的退避案と退避方法や退避場所、②カフジ原油引き取りの配船状況、③戦時下の保険の適用範囲、④現地従業員へのインセンティブ、⑤サウジ石油省との連絡などの緊急課題が議論された。

翌11日の会合では、サウジのナーゼル石油大臣宛ての書簡案を審議。そして翌12日の日曜日には社長名でナーゼル大臣宛てに書簡を発出。

書簡には、サウジ政府の方針に従って、操業維持に最大限の努力を払うことを伝えると共に、危機が拡大した場合には、会社の判断によって、従業員の安全確保のため退避行動に移りたいという旨を記していた。

小長副社長らの派遣を決断

未曾有の危機に遭遇した時、リーダーはどう行動すべきか。

カフジ鉱業所では、本社の緊急対策本部と連絡を取りながら、会社方針の説明会を従業員に対して何度となく行っていた。カフジには、駐在代表の戸野浩専務と鉱業所長の片岡巍常務の両名が常駐しており、従業員に対する説得に当たっていた。

だが、明日にもイラク軍が侵攻するかもしれない状況下、恐怖に負けて精神に変調をきたした者も少なからずいた。

戸野専務からは「浮足立った職員も出てきており、本社からの説得をお願いする」という緊急電話もあった。

一方、本社には、「息子を帰せ」、「主人を帰国させて」との催促が続々と寄せられた。

小長は8月13日の朝、江口社長との間で「社長か副社長がカフジへ行く必要がある」と確認した。

その日の昼食を共にしたのが、アラブ・イスラム社会に精通し、現地に幅広い人脈を持つ浜田明夫監査役。二人は率直な意見交換をし、浜田は小長に対し、「カフジへ責任者が行くのは絶対に必要です。百言一行にしかず。副社長が行くなら、ご一緒します」と述べた。

これが、小長がサウジ行きを決断した瞬間であった。

現地では、同僚たちが死の恐怖と闘いながらも、日本に原油を送り届けようと、任務遂行のために操業を継続している。その同僚たちのところに赴き、その労を激励したいという思いが小長には沸々と湧いてきた。

翌日、本社役員会で小長と浜田の派遣が決定された。

もともと、通産省（現・経済産業省）時代から、小長にはエネルギー問題に深い思い入れがあった。

田中角栄通産大臣や、その後の田中首相在任時に秘書官を務め、石油危機以降の田中総理のエネルギー外交にも事務方として常に随行してきた。

そうした体験を踏まえて、カフジで踏ん張っている従業員たちを激励できるなら、「自分がその任を引き受けよう」という決断だったのだと推察される。

早速、小長は留守家族に集まってもらい、会社の方針を丁寧に説明する機会を設けた。

説明の趣旨は三点に集約され、小長は誠意をもって語った。

「第一に、アラビア石油は安定的に日本に石油を供給する国家的使命を負っています。安定供給はわれわれの責務です。第二は、カフジ鉱業所には18カ国から約1800人の従業員が、日本人の指揮・監督の下で働いています。日本人だけが退避するのは、信義上も、そして組織面においても無理があるということです。しかし、第三に一旦緩急の事態に陥れば、仲間の命を守るのが先決です。ナーゼル石油大臣にお会いして、安全確保のための具体的な措置を相談する必要があります」

そして、小長は最後に強調。

「実は、わたしは皆さま方のご主人や息子さんを励ますために明日現地へ赴きます。そしてサウジの石油大臣とお会いして、安全確保と緊急時の退避行動について協議してまいります」

留守家族や親せきたちは一斉に感謝と賛同の拍手をして、小長を送り出した。

小長は、その日の午後、東京・大手町の経団連会館内にあるエネルギー記者会にも出向き、カフジ訪問と大臣折衝の意気込みを表明した。

「グッドラック」の声に……

1990年(平成2年)8月18日の土曜日、小長は通訳兼務の審議役・宮崎和作と秘書課長代理の菊池一夫を伴って、羽田空港を飛び立った。

中東向けの国際便は減っており、羽田から台北へ飛び、そこでKLM(オランダ航空)機に乗り換えた。タイ・バンコク、インド、そしてサウジ東部地区のダハラーン国際空港を経由してアムステルダムに向かう便だ。

ダハラーン（ダーラン）空港で降りたのは、小長ら3人の日本人と他国の外交官らしき乗客2人だけ。他は欧州行きの乗客ばかりだった。

キャビンアテンダントは、「こんな時にどうしてサウジへ？」と問いかけ、降り際に「グッドラック！（ご幸運をお祈りします）」と、小長たちを見送ったという。

この一言に、世界中が湾岸危機の行方に重大な関心を抱いているのだと感じながら、小長はサウジの地を踏んだ。

ダハラーンに着いたのは翌19日の未明。オベロイホテルで暫時仮眠した後、陸路カフジへ向かう途中で多国籍軍の戦車隊にも遭遇し、さすがに現地の緊張が伝わってきた。

午後4時頃、小長たちがカフジに到着すると、戸野専務や片岡常務をはじめ、日本人従業員はもちろん、現地従業員からも「You're most welcome!（ようこそお越し頂きました）」と敬意に溢れた大歓迎の声で迎えられた。

これから小長のサウジでの大仕事が始まろうとしていた。

イラク軍の砲撃を受け全員退避

湾岸危機が起き、イラク軍はあっという間にクウェート全土を占拠。サウジ国境まで戦車部隊を近づけ、いつ砲撃してくるかという緊張の中、アラビア石油副社長の小長は、国境から僅か18キロに位置するカフジ鉱業所入り。待ち受けていた130人の日本人はじめ、現地人従業員たちは小長を大歓迎した。翌1991年（平成3年）1月17日未明、イラク軍がカフジ基地へ砲撃を開始。多国籍軍が反撃し、砲撃が中断した隙を狙って、従業員たちは脱出を決行。300キロ南のダンマンまで16台の車に分乗しての退避だった。日本へ辿りついたのは、開戦後12日目のことだった。幸い犠牲者を出さずに、全員帰国できた背景には、小長とナーゼル石油相との間の〝信義〟があった。

カフジ入りした小長への現地社員の反応は？

小長がサウジアラビアにある、カフジ鉱業所に入ったのは1990年（平成2年）8月19日の夕方。その夜、小長は日本人従業員を集め説明会を開いた。

そこで小長は、①東京本社の緊急対策本部では、24時間体制で情報収集と現状分析を行っている。②外務省や防衛庁、国内外の情報機関などの情報を総合すると、危機は山を越え、当面小康状態にある。③外務省から退避勧奨は出ているが、アラビア石油の国策的使命、カフジ操業における日本人の役割を考えれば、現時点での退避はするべきでない。④緊急事態に備え、退避計画の策定を急ぐ。⑤カフジ訪問の後、石油省に向かい、ナーゼル石油大臣と十分な意思疎通を行い、緊急事態になれば、カフジ駐在代表の判断で退避に移ることで事前了解をとる——ことなど、従業員の理解を得るべく、説明は1時間に及んだ。

翌20日、小長はアラブ人幹部に会社方針を説明すると共に、戸野浩専務と片岡巍常務と一緒に鉱業所内の全オフィスと作業現場を巡回。居合わせたアラブ人従業員と握手して激励した。

「約1千人の従業員と握手しました」と小長は述懐する。

同日夕方、小長は再び日本人従業員を集め、軍事情勢を中心に補足説明を行った。外務省経由で入手した米国の偵察衛星写真を示し、戦況の小康状態を説明した。国境のイラク戦車部隊は、戦車の前に土嚢を積んだ防衛型の陣形を組んでいた。

「危機はまだ最終段階に差し迫っていないという判断の根拠を説明します」と小長は切り出し、次のように語った。

「土嚢を積んでいるということは、防衛庁の専門家の分析によれば、イラク軍は守りに入っている。従って、直ちに彼らがサウジに侵攻する予兆はないということです」

1枚の写真が、恐怖の極に陥った従業員の納得に繋がったことは言うまでもない。

翌21日には、カフジ市長を表敬した後、問題のサウジ・クウェート国境地帯周辺を視察し、正午に日本人従業員が自主運営する日本人食堂に入った。

その際、小長は貴賓テーブルではなく、従業員用のテーブルに座って食事を始めた。

ここで小長は従業員の岡本文夫に出会った。その時の岡本の率直なコメントは忘れられないと小長は言う。

「副社長。死ぬことも有りうるこんな現場に、ようこそお越し頂きました。また、ご出発前には我々の家族を励まして頂いたそうで、家族からの国際電話で、全員が承知しております」

岡本は挨拶し、現場の状況を簡潔に小長に伝えた。

「副社長の来訪で従業員の覚悟は決まった。われわれは最後まで現場を死守する」

当時の状況については、岡本が伊吹正彦の著名で記した『小説湾岸戦争　男達の叙事詩』(発行＝財界研究所、2013年刊)に詳しい。

岡本は、カフジ原油の出荷業務(シッピング)の責任者である統括課長の任にあった。岡本は、招聘されてまだ1年半でしかない小長が、戦乱のカフジへ駆けつけてくれたことに、感謝の気持ちが込み上げてくるのを禁じえなかった。

ノーブレス・オブリージュ(noblesse oblige＝高い身分の人が背負う道徳上の義務)。それだけの地位にある者の振舞いや高貴な精神という意味で使われる言葉だが、岡本は、目の前に小長が座り、社員と同じ食事を摂りながら、じっと社員の話に耳を傾ける姿に、この言葉が浮かんできたという。

さらに伊吹こと岡本が言う。

「小長さんが見せてくれたノーブレス・オブリージュ。率先垂範の精神が我々に、ようし、この人がそこまで命を張るのなら、我々も命を張ろうじゃないかと思わしめたんです」

カフジを後にした小長は、南300キロのダンマンまで車で行き一泊。翌日、東部州ファハド副知事、国営石油会社・サウジアラムコのアジミ副社長、ヘルザーラ石油省次官を表敬し、空路でリヤドに移動。ここで小長は、恩田宗大使と奥田紀宏一等書記官と打ち合わせを行った後、ジェッダに移動した。

その時、OPEC（石油輸出国機構）総会に出発する直前であったナーゼル石油大臣はジェッダにいた。

石油省幹部への根回しの重責を担っていた浜田明夫監査役と入念な情報交換を行った上で、小長は大臣折衝に先立ち、アブドルアジズ官房長（アラビア石油取締役を兼務）と会談。浜田の事前折衝のおかげで、アラビア石油の立場についての十分な理解を得ることができた。

その後、大臣との会談予定が急遽変更となり、小長は急いで空港に駆け付けた。

ナーゼル大臣との間で交わした『約束』

ナーゼル大臣との面談に小長が意欲を燃やした最大の理由は、前述の通り、この危機下にあっても最後までカフジ基地の操業を続けるが、一旦緩急ある場合は従業員の生命安全確保のため、会社の判断で退避することの〝確約〟を得るためだ。

小長は空港の貴賓室でナーゼル大臣に会うことができ、簡潔に陳情を行った。

ナーゼル大臣は小長からの申し入れに対し、小長の目を見つめ深く頷いた。この頷きが、大臣の「了解のシグナル」であったという。それが後述する「謎の電話」に実を結ぶことになるのだ。

ＯＰＥＣ総会出席の後、ナーゼル大臣は9月2日に石油省次官のアブドルアジズ殿下（現エネルギー大臣）、ヘルザーラ次官、さらにナイミ社長以下のアラムコ幹部を連れてカフジを電撃訪問。会社の操業継続に敬意を表し、安全面について協力して万全を期していく旨を述べ、従業員の士気は大いに上がった。

その後、本社とカフジの密接な連携の下に、石油省とカフジ鉱業所間のホットラインを設置。一旦緩急時に備えた避難ルートの選定、シェルター（主としてパイプライン用資材でつくった防空壕）の造営、ガスマスクの配布などを行った。

また、この間、従業員に対する危険手当の支給も行った。

一方、イラクによるクウェートの不法占拠は認めがたいとする国際世論が高まり、米ブッシュ大統領は「Status quo ante（原状回復）」を強調していた。

そしてついに11月29日、国連は平和の破壊を行う国に対し、武力行使を容認する「安保理決議６７８」を採択した。

多国籍軍は、翌１９９１年（平成3年）1月17日未明、イラクの首都バグダッドへの空爆を開始し、同時にイラク軍はクウェート国境の前線基地からカフジ基地に向けて6時間にわたり５００発以上砲撃を行った。

砲弾は鉱業所及び、その周辺に着弾した。54基ある石油タンク中、最も大きいカフジ原油タンク1基に命中し、猛然たる黒煙をあげて炎上したが、防油堤のおかげで類焼は免れた。従業員たちは砲撃が始まるや、シェルターに駆け込み、じっとその中で攻撃が止むのを待ち、幸い被害者は出なかった。

実は、湾岸戦争突入の前日夕刻、サウジ石油省の某高官から、カフジ鉱業所に一本の電話があった。

「明日の早朝、何か緊急連絡をするかもしれない」という連絡である。それだけを告げて、電話の掛け主は電話を切った。

この謎の電話で、カフジ関係者は開戦について脳裏に閃くものがあり、冷静に避難行動に移る心の準備ができたと言える。

シェルターに入り、じっと恐怖を耐えた日本人従業員たち。その時点での従業員は、操業規模の段階的縮小を行っていたため、日本人48人を含む200人規模となっていた。

イラク軍の砲撃中断の隙に、事前に決められていた退避計画に従ってカフジを脱出。日本人は車に分乗して、南へ300キロのダンマンへ緊急避難し、結果的に1人の犠牲者も出さずに済んだ。

石油省との連絡に必要な最小限の人員以外は、アラビア半島を横断してリヤド経由でジェッダに移り、従業員自らが調達したチャーター機でアテネに飛び、アテネ発の定期便に乗り継いで、日本へ無事帰還した。

燦然と輝くアラビア石油の歴史

『日の丸原油』として、日本のエネルギー安定供給に貢献してきたアラビア石油。山下太郎が1960年（昭和35年）に操業を開始してから30年後に起きた湾岸危機でその命運は変動する。

小長は、戦争中の1991年（平成3年）1月、アラビア石油社長に就任。以後、カフジ油田での開発権益を維持できるかどうかという同社にとって生命線の権益交渉に多くの時間と労力を割くことになる。

権益を巡る交渉は、社長の小長に委ねられた。

なぜ、日本政府は前面に出なかったのか？

「石油はその時、コモディティ（市況商品）になっていたということですね。石油はもちろん産業活動や国民の生活を支えるエネルギー源として、大変重要なものですが、戦後50年近く経ち、世界経済の流れの中でコモディティ化してきていたということで、これはもう民間の仕事になっていたということです。建前はそうですが、通産省（現・経済産業省）や日本輸出入銀行（現・国際協力銀行）、石油公団（現・石油天然ガス・金属鉱物資源機構）などから、いろいろバックアップしてもらいました」と小長は語る。

サウジ側は、アラ石の権益を延長する見返りに、日本側にサウジへの大規模投資を要請してきた。双方でやり取りを続けるが、なかなか妙案が出ない。

経団連（経済団体連合会、当時、平岩外四会長＝東京電力元会長）も会員企業に、サウジ向けの投資を呼び掛け、対サ投資促進機構を創設した。

また、小長は「平岩ミッションが訪サし、ファハド国王にも日サ間におけるアラビア石油の重要性、対サ投資の努力を強調していただいた」と述懐。しかし、新しい投資案件は、繊維関連の工場や魚の養殖事業に留まり、サウジ政府はこれに満足しなかった。

そして、サウジ側から逆提案されたのが鉱山鉄道の建設プロジェクトだった。砂漠の中に鉄道を敷くということで、アラ石側はフィージビリティ・スタディ、事業化のための事前調査を丁寧に実施。その結果、「鉱山鉄道の事業化は難しい」という結論に至った。

こうなると万事休す。小長はこの権益交渉に全力を傾け、サウジとの間を100回以上往復したが、その努力も報われなかった。

こうして2000年（平成12年）、アラビア石油はカフジでのサウジ側の開発利権を失うことになった。残ったクウェート側の開発利権も数年間、技術協力協定によって延命したものの、最後は失権した。

その後、アラビア石油はＡＯＣホールディングスとなり、最後は富士石油に吸収された。

今、アラビア石油という社名は存在しないが、産油国サウジ、クウェートとの信頼の下、自分たちの手で石油開発を進め、日本に石油を送り届けることに生き甲斐と誇りを感じ、仕事に邁進した人たちが数多くいたという歴史的事実は今後も変わらない。

76歳で弁護士登録、法曹の道を選択

アラビア石油がカフジ油田での採掘利権を失い、1960年（昭和35年）から続く操業に幕を下ろしたのは2003年（平成15年）のこと。この後の人生をどうするかと思案する中、小長は学生時代に合格した司法試験の道を活かせないかを模索。折しも、弁護士法が改正され、社会人として7年以上法律実務に関わった実績があると法務省の認定が得られれば、弁護士への道が開けていることが分かった。そこで通産省時代に法律の立案に関わった実績を基に、新たに司法の道へ入ることを選択。現在は、弁護士生活を送りながら、一般財団法人・産業人材研修センターの理事長として、若手官僚とビジネスパーソンの交流促進を兼ねた人材育成に注力する日々だ。

法曹の道へ、挑戦

アラビア石油がサウジアラビアとクウェートの国境にあるカフジ油田の石油採掘利権を失う日がついに来た。２０００年（平成12年）、サウジアラビア側の利権が無くなり、２００３年（平成15年）にクウェート側の利権も手放すことで、それぞれ両国政府機関との話し合いがついた。

アラビア石油は同年、ＡＯＣホールディングスとなり、２０１３年（平成25年）に富士石油と経営統合。それまでに石油開発や採掘関連の技術者はＪＸ日鉱日石（現・ＪＸＴＧエネルギー）等に転籍していった。

「アラビア石油は、最後の段階でクウェートとの技術協力協定により、石油の販売を5年やって、仕事も無くなっていきました。最後の頃は後始末に追われたわけですが、わたしはその頃、アラ石の仕事を辞めた後、どうするのかということを考え始めました」

その頃はまだ『人生１００年時代』とは言われていなかった時代。悠々自適の生活をやるにしては、「自分には特別な趣味もないし、何か考えなければ」という小長の思いであった。

そう思案している時に一つの考えが浮かんできた。

小長は岡山大学在学中に司法試験に合格していた。このことを活かす道はないかと情報収集していくと、弁護士法が改正されていることが分かった。

それは、学生時代に司法試験に合格し、社会人として7年以上法律実務に携わっていたと法務省が認定した場合には、〝1年半の研修〟ではなく、〝2カ月の研修〟で弁護士になれる——という制度改正であった。

この制度改正による第一回の応募者の中には、大蔵省（現・財務省）元次官で衆議院議員をつとめた相澤英之など、霞が関各省庁のOBも何人かいた。

認定されるかどうかのポイントは、法律実務を『7年以上』やっているかどうかということ。小長の場合、1953年（昭和28年）4月に通商産業省（現・経済産業省）に入省して、1986年（昭和61年）に事務次官を退官するまでの33年間の役人生活。法案策定など、法律実務を何年間やったことになるのかを、後輩諸兄の力も借りて、自分なりに調べ、それを法務省に提出した。

「中身は厳重にチェックされ、法律、政省令などをつくる作業に何年従事したかと。法律案の国会審議で答弁したことはカウントされません。要するに、法制局に通って、実際に法律などの作成に携わったのが何年かということです」

例えば、事務次官は省全体を見るトップであり、国会に提出する法律などにも関与するわけだが、次官の仕事はカウントされない。

小長のケースでは、重工業局電気通信機械課の時代に、トランジスタの不当廉売・粗悪品輸出を防ぐために輸出規制を実施した時の政省令づくりが法律実務と認定された。

また、企業局企業第一課の時に、国会で審議未了のまま廃案となった『特振法（特定産業振興臨時措置法案）』や、企業局立地公害部立地指導課長時の農村工業導入促進法の立案時の仕事なども認定された。

肝心の研修は、それぞれの弁護士事務所に配属されて、弁護士としての実務を研修する。

「研修自体は、指導弁護士がいまして、わたしの場合は井上裕明弁護士（半蔵門総合法律事務所）で、懇切丁寧な指導をしていただきました。民事裁判での訴訟代理人や刑事裁判における被告人弁護を行うわけです。被告人を訪ねて拘置所に行ったり、被疑者を訪ねて警察署に行ったりもしました。わたしも70歳台半ばですからね。今までやってきたことは全く違った仕事ですから、大変なカルチャーショックでした」

研修といえども何とも濃密な作業。被告人や被疑者と面と向かっての対話であり、通産省生活33年間の仕事とは全く異質な仕事なだけに、戸惑いもあり、「食事がのどを通らなかったこともある」とほほ笑みながら語る小長である。

島田法律事務所との縁

こうした研修を経て、２００７年（平成19年）２月、76歳で晴れて弁護士登録。結局、東京・大手町の島田法律事務所に籍を置いた。代表の島田邦雄は同じ岡山県出身。島田はアラビア石油の顧問弁護士を務めており、小長がアラビア石油の社長・会長を務めている時も助言をもらっていた。

「アラ石社長時代のある時、島田さんにあなたの出身はどこですかと聞いたら、同郷の岡山という返事なので、当時、わたしは岡山県人会の会長でしたから、早速、県人会にも入ってもらったんです。現在は、県人会の役員としても活躍されています。また、アラ石の経営問題で夕方、悩んでいるポイントを開陳したところ、翌朝、法律的所見を理路整然と回答していただき、その説得力と迅速性に驚いたという事案もありました。そういう関係でしたから、わたしは迷いなく、島田法律事務所にお世話になることとなりました」

島田法律事務所は40名弱の弁護士を抱える。

大手金融機関や大企業を顧客に持ち、企業法務で知られた事務所であり、小長は若い弁護士と食事を共にしたり、歓談の席で最近の世間の動きや国際情勢など、幅広く議論をする。そうした機会を自ら積極的につくっているようだ。

「それが結果的に、老化防止と言うんでしょうか（笑）。意気軒昂の人たちと接触することによって、刺激を受けているということになっていると思います」

また、若い弁護士たちもそれぞれ専門分野を持ち、研鑽を積み重ねている。産業政策づくりを担う官僚としての経験、そしてアラビア石油という民間企業トップとしての体験を踏まえての話が、若い弁護士たちのプラスになればという小長の思い。

「事務所の弁護士数は40名弱とだんだん増えている。わたしも志の高い弁護士さんのためになればと思っています」

官民交流と異業種交流を

法律事務所に勤める傍ら、小長は現在、一般財団法人『産業人材研修センター』の理事長も務める。同センターでは、民間企業の35歳から50歳前後の中堅幹部と官庁のほぼ同年代の課長補佐クラスの人たちを研修メンバーとして、1組40人の2組構成で月1回、年11回の研修を行っている。

『産業人材研修センター』の活動目的について、「官民交流と異業種交流という大きな目的があります。顧問に北畑隆生・元経済産業事務次官を迎え、適切なアドバイスをもらっている」と小長は説明。民間からは、原則1業種1社、場合によっては2社として、異業種交流を進める。そして、官民交流を進めるというのが特徴だ。

講師は、小長が各界のリーダーや学界の権威の中から選んで話をしてもらう。これまで三井物産戦略研究所の社長を務め、現在、日本総合研究所会長で多摩大学学長の寺島実郎、元防衛大臣で安全保障問題の権威である森本敏、そして中国問題専門家の遠藤誉、ＪＲ東海名誉会長の葛西敬之、コニカミノルタ社長の山名昌衛、国際弁護士でユダヤ教に改宗した通産省出身の石角完爾といった人たちが登場。講演後に受講者からの質疑応答があり、実のある研修になっている。

島田法律事務所の代表・島田邦雄弁護士と共に

官民の癒着という事態は避けねばならないが、本来は官民手を携え、国全体にとってプラスになるということなら、官民協調はあってしかるべきである。

「ええ、そういう機会を通じて、官民が情報交換をする。同時に異業種交流ができるということで、新しい縁を結び、それが次の縁につながっていくということで始めたんです。それなりに関係者からは、評価していただいております」

官民連携の歴史の中で

小長は１９５３年（昭和28年）通産省に入省して以来、産業政策づくりに打ち込んできた。産業政策は、時代と共にそのあり方や姿は変わってきた。あるいは、関係者がそれを進化させてきたと言ってもいい。

戦後復興時の傾斜生産方式、１９６０年代の高度成長期に入ってからの協調懇方式、二度にわたる石油危機を経て省エネ・省資源化で日本の産業界が強くなると、最大の貿易相手国・米国からは自国の貿易赤字削減のため、日米構造協議を持ちかけられるなど、時代と共に産業政策も変わり、進化してきた。

敗戦後すぐは、日本も焼け野原からの再出発。鉄鋼や肥料、化学といった復興に必要な資材をつくる産業へ資金を重点配分しなければならなくて、傾斜生産方式が取られた。

そして、日本全体が発展し、産業界もある程度力をつけてくると、民間の自立・自助の精神を生かし、産業政策担当官庁との連携で官民協調の実を上げようという協調懇方式も登場した。

今は、自国第一主義が世界中ではびこり、米中貿易戦争も始まり、米中が世界の覇権を巡って争う時代に入ったとされる。

そういう状況下、日本はＴＰＰ（環太平洋パートナーシップ協定）の成立へ向けて、リーダーシップを発揮し、これを実現させた。国際協調無くして、自国の経済発展は無いという信念の下、ＴＰＰを成立させたことの意義は大きい。

２０１７年（平成29年）、米トランプ政権が誕生し、米国はＴＰＰ交渉から脱退、米中貿易戦争に突入した。この米中貿易戦争は世界経済を減速させる大きな要因となっている。当分、厳しい状況が続く見通しの中、日本の果たすべき役割は重い。

今後、日本の進路の舵取りをどう進めていくか、という視点に立った時、新しい官民交流で、激しく変化するグローバリゼーションの波の中をたくましく生き抜く知恵や方策を生み出していかなければならない。

その意味で、官民交流と異業種交流を進める『産業人材研修センター』の役割は大きい。

郷里・岡山を大事にして

小長は、郷里・岡山を大事にする人。１９３０年（昭和5年）に現在の岡山県備前市で生を受け、１９５３年に岡山大学を卒業するまで、青春時代を岡山で過ごした。戦前に小学校を終え、旧制中学に進むが1年生の時、陸軍幼年学校に進学。しかし、敗戦で幼年学校が無くなり、旧制中学に進学。そして、旧制第六高等学校（岡山）に進むも、１９４８年（昭和23年）に学制改革が行われ、小長はそのまま岡山大学へ進学。時代も人生の価値観も大きく変化していく中での学校の選択でもあった。

小長は２０１１年（平成23年）まで岡山県人会会長を12年間務め、橋本徹（元富士銀行＝現みずほフィナンシャルグループ＝頭取・会長、日本政策投資銀行社長を歴任）にバトンタッチした。県人会会長は橋本の後、香山充弘（元総務事務次官、後に自治医科大学理事長を務める）に受け継がれ、現在に至る。

「県人会の別動隊として、２００６年（平成18年）に吉備クラブを立ち上げ、わたしが代表幹事を務めています」と小長。

これは、岡山県に関係する官民ＯＢ、現役、そして学生の3世代の交流を進めようというもの。「人と人とをつなぐ、同時に過去と現在、そして未来をつなぐ」という小長の生き方である。

変化の時代を生き抜く——学制改革時に新制岡山大学を選択

学制改革——。戦後、新生・日本の人材育成を図るための学制改革が行われた。義務教育は小学校6年制、中学3年制のいわゆる『六・三制』で、それに高校は3年制、大学は4年制という制度設計。教育関係者も新しい大学建設に夢をかけ、終戦から4年後の1949年（昭和24年）に実施。前年に旧制第六高等学校（岡山）に入学したばかりの小長は、当時の六高の先生らに、「一緒に新しい大学を創ろう」と呼びかけられ、新しく設立される国立岡山大学への進学を決めた。当時は食糧難でもあり、田畑のある実家から通える道を選択。弁論部やボート部で心身を鍛錬。時代の転換期にあって、若き日の小長が感じたこととは——。

敗戦、休学、そして吉井川の氾濫と……

小長は1930年（昭和5年）12月12日生まれ。誕生地は、岡山県和気郡鶴山村新庄（現・備前市新庄）。近くには備前焼で有名な伊部町や『備前長船』で知られる日本刀を創る刀工が住む長船村があり、匠の世界という独特の雰囲気を醸し出す備前地区である。岡山県には岡山三大河川がある。東から吉井川、旭川、高梁川である。備前を流れるのが吉井川、小長が生まれた新庄地区も吉井川沿いである。

実家は戦前、地主で、所有する田畑も多かったが、戦後の農地解放でその大半を放出。それでも一家が食べていけるだけの田畑は「残った」という。小長には、2人の弟と妹がおり、4人兄妹の長男として人生を歩くことになる。

敗戦を境に、日本は何もかもがガラッと変わった。GHQ（連合国軍最高司令官総司令部）占領下の1945年（昭和20年）から1952年（昭和27年）までの間に、財閥解体、学制改革、農地改革などが一気に進められた。

小長家も、戦前は地主としての収入に、父親の教員としての収入もあって、結構いい生活を送ることができた。

しかし、農地を解放せざるを得なくなり、こちらの収入は途絶えてしまった。それに父の教員としての収入も、戦後のインフレで実質目減りし、相当厳しくなった。

小長は、小学校教員だった父の仕事の都合で、誕生間もなく家族と共に岡山市内に移り住んだ。そして、小学校は岡山師範学校附属小学校（現・岡山大学教育学部附属小学校）に入学。しかし、2年時に祖父が他界し、一家で備前に戻った。そして、5年生になると、また一家は岡山に引っ越すという具合に小学校生活も慌ただしかった。

5年生の12月8日、太平洋戦争が始まった。

旧制中学を受験する段になって、旧制県立岡山一中（現・朝日高校）を志望。ところが、前々日から風邪をこじらせ、高熱にうなされた。

「そのまま試験に臨んだんですが、十分実力も発揮できないまま帰ってきました。ですから、案の定落第ということです」

私立の関西中学（現・関西高校）に進学。

「1年留年して、岡山一中を受ける手もあったんですが、弟が2人いましたからね。妹もまだ赤ん坊でしたし、留年などしている余裕はないということで関西に進んだわけです」

関西中学に進学したことが、その後の小長の人生にも大きく影響を与えることとなる。

関西中学の校訓に掲げられていたのが『敢為』。何事にも挑戦し、決然と事を為すという意味。「わたしは校訓に結構、共感いたしましてね」と小長は当時を振り返る。

その関西中学の教師から勧められたのが、陸軍幼年学校の受験であった。

「当時の学校の先生も元気がありました。君らはどうせ20歳になったら陸軍二等兵、あるいは海軍に入って水兵さんになるんだと。だから、お国のためには陸軍幼年学校とか、海軍兵学校の予科とか、そういうところへ行って、早くお国のためになることをやったらどうかと勧めてくれる先生がいたわけです。それで何も知らない者としては、そんなものかなということで、飛びつくわけですね（笑）」

陸軍幼年学校は、陸軍のエリートを育成する機関。全国から学業に優れ、体力もいい13歳から15歳未満の少年が選抜されて入学。受験資格は旧制中学の1年生か2年生で、競争率は20倍の難関として知られていた。

小長は、「わたしは1回、失敗の経験がありますからね。勉強はさることながら、何としても体調を整え、健康な形で臨もうと肝に銘じて受験しました」と当時の気持ちを話す。

陸軍幼年学校は北から仙台、東京、名古屋、大阪、広島、熊本と全国6カ所あった。全国一律の試験で、合格者は各学校約３００人規模であった。

3年の教育期間で、入学した1年生のクラスに3年生の模範生徒が来て、日常の立ち居振る舞いを指導する。

学校での日々の授業は、午前中が学科、午後が体育。体育は剣道、柔道から始まり、水泳、銃剣術ということで、武芸一般が並んだ。

朝6時に起床し、点呼が始まり、「ハイ！」と答えるまでの身支度は10分で済ませる。集団生活と自らの責任について考えさせられ、それを実践で示すことで、心身共に鍛えられていった。

幼年学校で教育を受けたことは、その後の小長の人生、そして資質形成に大きな影響を与えていった。

しかし、時代は激変する。

2年生になった1945年（昭和20年）8月15日、日本は連合国のポツダム宣言を受け入れ、無条件降伏し、終戦となった。

陸軍幼年学校も解散となり、小長の幼年学校生活は1年半で終わったのである。

この時、14歳の小長はどういう思いだったのか。

「敗戦は、幼年学校の校庭で、なかなか聴き取れない玉音放送を聞いて、敗れたんだなあという感じになったわけですけれども、やはり軍隊の学校ですからね。米軍がいきなり紀伊半島に上陸して学校占拠にくるのではないかと。そんなデマも飛んだりして、慌てて各々の郷里に帰るということもありました。結果的には、そんなことはなく、廃校手続きに従って、仲間たちと別れ、帰郷しました」

小長は、幼年学校を1年半で終えた後、旧制西大寺中学（現・西大寺高校）の3年に編入学する。

「やはり、幼年学校の時は、お国のためには死もいとわずという、命を懸ける感じがあったわけですね。だから、この平和な時代になって、命を懸けることはなくなったんだという意味の安心感というか、開放感といってもいいかもしれませんが、それは非常に強くありましたね」

その年の秋、雨や台風のおかげで吉井川の堤防が決壊し、小長の家も床上浸水の被害を蒙った。その上、小長自身が肋膜炎で倒れ、3年に編入できた西大寺中学を1年休学することとなった。家庭をとりまく経済環境の激変、洪水による家財の喪失、病気による休学など、不運の連鎖にも見舞われた。その中から、小長は立ち上がり、西大寺中学に復学。翌年、旧制第六高等学校の難問を突破した。

旧制六高から新制・岡山大学へ進学

戦前、人材の育成という意味で旧制高校の果たした役割は実に大きい。

現在も大学改革の中でリベラルアーツの必要性が言われるが、旧制高校の教育は、そのリベラルアーツを体現していたとされる。

リベラルアーツ（Liberal Arts）は一般に教養教育と訳される。

専門科目を身につけたから、社会的課題をすんなり解決できるとは限らない。リーダーになる上で幅広い教養を身につけることは欠かせないということで、リベラルアーツの必要性が指摘される。

旧制高校はナンバースクールとして、第一高等学校（東京）から二高（仙台）、三高（京都）、四高（金沢）、五高（熊本）、六高（岡山）、七高（鹿児島）、八高（名古屋）とあり、さらに旧制東京高校、旧制弘前高校、旧制松本高校、旧制広島高校、旧制福岡高校といった国立の高校があった。

また、旧制武蔵高校、旧制成城高校といった私立の旧制高校も存在。さらに北海道帝国大学予科といったように、旧制高校と同じポジションに位置づけられる予科もあった。

国立、私立、あるいは予科を問わず、旧制高校から各分野のリーダーが育ったということは、旧制高校が単に学識を高めるだけでなく、人物鍛錬、人格形成の場でもあったといえよう。

小長は1948年（昭和23年）4月、旧制第六高等学校（岡山市中区）に入学。この通称・六高も有為な人材を輩出したことで知られる。

財界では、日本商工会議所会頭を務めた永野重雄や日経連（日本経営者団体連盟、200

2年に経団連＝日本経済団体連合会と統合）の代表常任幹事、会長を務めた櫻田武といった人たちが六高OB。また、現在、高収益企業として知られる信越化学工業会長の金川千尋も六高出身である。

政界では、安倍晋三首相の父で自由民主党幹事長や外相を務めた安倍晋太郎も六高出身。

小長もこうした人材を輩出した六高に入学したいと思い、岡山・旧制西大寺中学4年生の時に猛勉強。その結果、六高受験に合格。1948年（昭和23年）、英語を第一外国語とする文科甲類に入学した。

当時はまさに戦後日本の一大変革期。憲法も大日本帝国憲法から日本国憲法へと変わり、新憲法は1946年（昭和21年）11月3日に公布され、翌1947年5月3日に施行された。

財閥解体、農地解放なども、当時日本を統治したGHQ（連合国軍最高司令官総司令部）の指令で一気に進められた。

そうした諸改革の流れの中で、学制改革が実行された。1949年（昭和24年）のことである。

旧制六高は新制岡山大学に移行する。小長が六高に入学して1年後のことだった。

六高の教授陣は、この学制改革にあたって非常に燃えており、小長の担任も「一緒になって新しい大学を創ろう」と呼びかけてきた。

小長の同級生の多くは、新制の東京大学、京都大学へ進学。しかし、小長は担任や他の教授陣の呼びかけに応じ、新制岡山大学を選択した。

「世間知らずのわたしは、先生たちの新しい大学づくりへの理想に共鳴し、岡山に残ることにしました」と小長は述懐する。

事実、旧制六高の関係者の熱意はすごく、黒正巌校長は陣頭指揮で大学設立の準備に取り掛かった。この黒正校長には大変なエピソードが残っている。

岡山市内の津島地区にあった旧陸軍部隊跡。駐留している英連邦軍の撤退と同時に、大蔵省（現・財務省）に返還されるという情報をキャッチした黒正校長はすぐさま六高生に檄を発して、旧陸軍兵舎を〝占拠〟させたのである。この〝占拠〟は大変なアピールとなり、当時の文部省と政府機関を揺り動かした。

こうして政府関係者とも協議し、最終的に北海道大学に次ぐ広大な大学用地を確保。新制岡山大学の基礎固めを迅速、かつ着実に敢行してのけたのである。

教える側も真剣だし、学ぶ側も真剣で、旧兵舎を活用したキャンパス内には良い意味での緊張感が漂っていた。小長は大学生活について「一般教養や英語などは旧制六高からやってきた先生方が担当されていましたが、専門の法律は京都大学などから招いた先生が教壇に立っていました」と語る。

戦後、開放感溢れる中　一部に暗い世相も……

時代の転換期には、若い芽も育つ——。

小長が岡山大学に入学した1949年（昭和24年）は、終戦から4年近くが経ち、新しい生き方、価値観を求める空気も生まれようとしていた。

石坂洋次郎の小説を原作にした映画『青い山脈』（今井正監督）が封切りされたのも同年夏のこと。地方都市の溌剌とした高校生たちを描き、若者の恋愛をテーマにした映画。主題歌を藤山一郎と奈良光枝が歌い、そのメロディは全国に瞬く間に広がった。

若者たちも、前向きに生きようとしていた。開放感とも相まって、社会は大きく変わろうとしていた。

そういう中、労働争議も起き、国鉄（現JR）の下山定則総裁が同年7月、出勤途中に失踪し、翌日、常磐線の線路上で遺体が発見されるという「下山事件」なども発生。社会的には不穏な空気も流れており、明暗が共存する時代でもあった。

こういう状況下、岡山大学に入学した小長の学生生活はどのようなものだったのか。

小長は弁論部とボート部に所属し、文武両道の生活を送る。

弁論部では、日本国憲法や非武装中立論などをテーマに、賛成論と反対論に分かれてディベート（議論）に熱中した。

「弁論部に入ったことでディベートの勉強になり、実学の道にも触れたりした。当時、国会議員の選挙運動のアルバイトもやったので、街頭演説の経験にもなりました」

また、ボート部については、「あまり熱心な部員ではなかったんですが、岡山市内を流れる旭川でボートを漕いだり、多少遠くへ行くということで瀬戸内海の島々まで行ったこともありました」と、小長は懐かしそうに語る。

岡山大学法文学部の同期生には、後に検事総長となる吉永祐介（故人）がいる。吉永は旧制西大寺中学での同窓だが、学年は1歳下。小長は1年休学したため、同期となった。親しい付き合いがあるわけではなかったが、「彼は大変な勉強家だった」と話している。また、同じ旧制西大寺中学出身で、後に郵政事務次官になる奥山雄材もいた。

小長が通産事務次官になったのは1984年（昭和59年）6月のことである。同じ時期に、検事総長、郵政事務次官と3人の官僚トップが岡山大学出身が占めたということで、マスコミでも話題を呼んだ。

「伸び伸びとした学生生活を送れたことが一番大きいですね。東京や京都へ行く選択肢もありましたが、当時は大変な食糧難の時代。東京での学生生活は厳しいと聞いていました。食糧難の時代であっても、岡山では恵まれた生活環境のもとで過ごすことができましたし、生涯の友も得ることができたので、本当に有意義な学生生活だったと思います」

懸命に生きる　そして人の縁を大切に

いつの時代も変化、変遷していく。人はその中を必死に、懸命に生き抜くわけだが、長い人生の過程にはいくつもの選択がある。もし、別の選択をしていたら、その後の人生はどうなったのかということを考えると、本当に人生には深いものがあるし、人と人の縁の妙も考えさせられる。

小長の足跡を振り返る時、戦前の陸軍幼年学校は1年半の在籍で終戦を迎えて終わりとなった。その後、戦後三十数年が経って、日本が高度成長を経て、行財政改革の世を迎えた時、行革推進の〝知恵袋〟とされた瀬島龍三（陸軍幼年学校OB、元伊藤忠商事会長）との出会いも意味のあるものになった。

何にもまして、行革の目付けである『臨調』（第二次臨時行政調査会）会長を務めた土光敏夫（元経団連会長、元東芝会長）とは、郷里・岡山の旧制関西中学の先輩—後輩という間柄。小長は関西中学1年で陸軍幼年学校に進学し、戦後、旧制西大寺中学に編入学と、在籍校は目まぐるしく変わったが、ここでも人生の妙、人の縁の妙がある。

もっと言えば、小長は小学6年時に旧制岡山一中（現・岡山朝日高校）を受験し、不合格になったのだが、この時は数日前に風邪をこじらせ、高熱で体調が悪く、力を発揮できなかった。仮に一中に入っていれば、そのまま旧制六高に入ったとして、他の大学への道を選択したかもしれない。

ただ、どの道を選択したとしても、懸命に生きる小長の生き方は変わらない。

小長は旧制中学時代、家から自転車に乗って学校に通った。

「3里の道でした」と小長。

3里とは約12キロだ。自分の足でペダルを漕ぎ、雨の日も風の日も通うのだから身体は鍛えられる。

「当時、舗装道路ではなかったし、時にはタイヤがパンクしたり、雨の日にぬかるみにはまったこともあった。そんな時に、同じ自転車通学組の友人がわたしの手をつかみ、一緒に走ってくれた。そんな友人もいて感謝しています」

そうした体験は、後に官僚になった時や田中角栄首相の秘書官を務めた際にも役に立った。

「自ら地方の生活を体験しているものだから、田中さんがアスファルトの道路をつくり、少なくとも片側2車線を全国に張り巡らさないと生活道路にはならないよというのが、ちゃんと身に染みるわけですね」

時代が変化する中で……

また、地方に友人がいることで、中央（東京）と地方の対話も実のあるものになる。以前は、中央官庁にも地方出身者が7割いたが、今は首都圏出身者が大半だ。

時代は変化していく。地方の過疎は東京の過密と裏返しである。そのことから言えば、東京も地方創生に無縁ではいられない。地方あっての東京であり、東京あっての地方である。

東京と地方の共存、そして日本とグローバル社会との共存をいかに図っていくか。小長にとって永遠に追求していく課題である。フロンティアへの挑戦は続く。

終わりに

『微風和暖』――。小長氏にお会いしていると、いつもにこやかな笑みが浮かんでいる。氏の生き方から、その笑みは出ているものだと思う。人にやさしく接し、自らには厳しく律するという生き方。

小長氏は１９３０年（昭和５年）に生を受け、１９５３年（昭和28年）通商産業省（現経済産業省）に入省。１９８６年（昭和61年）に事務次官を退官するまでの33年間、役人生活に没頭した。そして、アラビア石油社長・会長をつとめ、湾岸危機時の危機管理にもあたり、身の危険がある中、ペルシャ湾カフジ油田にも赴き、現地で働く社員たちを無事帰還させた。

本書のタイトル『フロンティアに挑戦』は、世界政治の荒波を受けながら、日本企業の関係者がいかに奮闘しているかという現実をも紹介したかったからである。

もっとも小長氏自身はそうした話題に及んだ時も、常に笑みを浮かべている。身の回りの人たちも人に和やかにされるお人柄である。

人と人との出会いが生むもの――。これも本書のテーマの一つである。

通産省に入省した時、当時事務次官の玉置敬三氏から『至誠天に通ず』との訓示を受けた。これを今も小長氏は忘れずにいる。大学時代に司法試験に合格し、法曹の道への選択もあったのだが、戦後日本の復興のために働きたいという思いがあり、小長氏は通産官僚の道を選択。その時、最初に出会った言葉が『至誠天に通ず』であった。

平たく言えば、世のため、人のためという生き方である。氏がその後、日米貿易摩擦や産業構造改革で難しい政策の舵取りを要求された時も支えになったのは、この言葉ではなかったか。

人と人との出会いは、その人をたくましく、そして、しなやかに成長させる。

田中角栄元首相との出会いも小長氏にとって、大きなものとなった。

田中氏が通産大臣になった時、小長氏は大臣秘書官に抜擢された。その時、受けた質問が「君はどこの生まれか？」と言われ、「岡山県です」と答えると、すかさず角栄氏から「君たちにとっては雪はロマンだね」という答えが返ってきた。

そんな時、小長氏ははっと気づかされた。

人それぞれに故郷、あるいはグローバル時代の今、それぞれに国や地域があり、それらの風土に人々は影響を受けて育つということである。ここから物事は多面的に見ていくことが大事という教訓である。今でいえば、多様性（ダイバーシティ）ということである。

21世紀に入って20年。日本の歴史でいえば、明治維新から150年余。第二次世界大戦の終戦からいえば75年が経つ。世界は目まぐるしく変化し、人と人との関係もそれぞれ移ろい、新たな仕組みづくり・秩序づくりが進む。人の営みの中で常に変革が要求されるが、変えるべきものと、変えてはいけないものが常に同居する。ＡＩ（人工知能）やあらゆるものがインターネットにつながるＩｏＴといったデジタル革命が進む今も、この本質は変わらない。小長氏の『フロンティアに挑戦』もそうした視点でまとめさせていただいた。

小長氏の長年にわたる取材へのご協力、そして関係者の方々のご支援・ご協力にも感謝申し上げたい。

２０２０年４月　　『財界』主幹　村田博文

通産省、アラビア石油、そして弁護士生活……
小長啓一の『フロンティアに挑戦』

2020年5月10日　第1版第1刷発行
2020年7月1日　第1版第4刷発行

著　者　村田博文
発行者　村田博文
発行所　株式会社財界研究所
［住所］〒100-0014　東京都千代田区永田町2-14-3
東急不動産赤坂ビル11階
［電話］03-3581-6771
［ファックス］03-3581-6777
［URL］http://www.zaikai.jp/

印刷・製本　凸版印刷株式会社

ISBN 978-4-87932-135-0
定価はカバーに印刷してあります。